U0594726

微尘之上

董贵昕 著

春风文艺出版社
·沈阳·

图书在版编目（CIP）数据

微尘之上 / 董贵昕著. -- 沈阳：春风文艺出版社，
2024.10. -- ISBN 978 - 7 - 5313 - 6803 - 8

Ⅰ. I227

中国国家版本馆CIP数据核字第202481ND74号

春风文艺出版社出版发行

沈阳市和平区十一纬路25号　邮编：110003

辽宁新华印务有限公司印刷

责任编辑：孟芳芳　　　　　　责任校对：张华伟

封面设计：黄　宇　　　　　　幅面尺寸：145mm × 210mm

字　　数：183千字　　　　　　印　　张：7.5

版　　次：2024年10月第1版　印　　次：2024年10月第1次

书　　号：ISBN 978-7-5313-6803-8

定　　价：59.00元

版权专有　侵权必究　举报电话：024-23284391

如有质量问题，请拨打电话：024-23284384

序：致敬微尘之上

胡世远

最是一年春好时。

伴着和煦的春风，品读诗集《微尘之上》的每一个时辰里，我似乎听到了一种声音，一种来自灵魂深处良知的声音。

它是如此清醒而冷静。

诗集共分四辑，从"微尘有光"到"微尘烟火"，从"百科微尘"到"和光同尘"，一首首诗歌如同诗人敞开的心灵之花，如同诗人建构的精神王国里飞翔之鸟，如同诗人情感枝叶上点缀的晨露。

个人浅见，贵昕的诗歌具有"三实"和"三用"之特征。

一实曰：语言平实。通读整部诗集，就会发现贵昕的语言表达清新，却能蕴含新颖独到的感悟。诗歌来自生活，字里行间无不是生命状态的一种映照。比如他的《从旧物中，清理出一汪泪水》："窗前伫立，我无法理清／那逝去的光阴／一本一本翻着多年的旧书／扔掉之前，让往事／从书中跃起／忽然从一本书的扉页中／掉落一片过塑的红叶／依然鲜艳如火／／我故作镇定，俯身拾起／顺手，把岁月积攒的一汪泪水／轻轻抹掉"。诗人善于发现生活，将日常所见化作由衷的记述，自然而然且质地透明。从生活空间的维度巧妙地转换到心灵空间的广度，生活和爱、记忆与包容依然是恒久不变的主题。

二实曰：情感真实。好的诗歌总会触动读者的心绪。比如他的

《父亲说》："父亲说，老院子门前的花 / 开了，满院芬芳 // 父亲说，老宅房前的枣树 / 结满了果。他还提起 / 深扎泥土的根，提起 / 茂密葱茏的树冠 / 撑起一片蓝天 / 父亲说起家乡那条小河 / 河里每一滴水，每一朵浪花 / 一次次向山谷回望 / 一边回望一边 / 奔涌向前 // 父亲在老宅院子里 / 一遍遍清扫花瓣和落叶 / 他却从未说起过花落"。这些叙述表面看似平静，实则内心情感波澜起伏，每一棵树、每一朵花、每一滴水都有其自然的归属和命运，在诗的结尾"父亲在老宅院子里 / 一遍遍清扫花瓣和落叶 / 他却从未说起过花落"，这富有较强感染力的画面将作者的心思不动声色地倾泻出来，构建出一个情感饱满的意象世界或生活世界。

三实曰：直抵现实。诗人在《松香脂》中写道："挺拔的松树，为什么时常 / 流下汩汩泪滴？ / 是苦楚？委屈？ / 抑或悲悯 / 苦难的芸芸众生？"这乍一看在写物，实际上却在营造一个感性与理性共存的世界，让你听见流淌的声音，让你听见哭泣的声音，让你听见叩问心灵的声音，从肉眼看到的表象到情感丰富的心灵，我们共同拥有一个带有温情的本源世界。也许一首诗可以是简单的短小的，而它带来的另一个空间却足够繁盛足够庞大。

再来说说我所理解的"三用"在贵昕诗集中的呈现。

一用曰：无用。在这个貌似诗歌无用的时代，贵昕的诗意坚守，在我看来他是在深悟生命之后，带着宽容去爱、去理解并探索生活的真谛。这不仅是在"有"与"无"之间的抉择，也是置身微尘之间的融入，更是在完成微尘之上的心灵救赎或超越。

基于这一点，我要致敬微尘之上伟大的人格。在这方面，至少贵昕做到了！

二用曰：可用。于贵昕而言，是诗歌选择了他或者说他选择了诗歌，这并不重要。难能可贵的是，一路走来，贵昕在诗歌的世界里拥有了自己辽阔的精神时空。他的富足，也许正来自他宽容的微笑；他的骄傲，也许正因为他拥有平凡人生中的另一种生活。

抑或在诗歌里，贵昕得到了他期待的东西。宛若一首诗为另一首诗注解，一个日子为无数个日子完成愉悦。

三用曰：大用。正如罗曼·罗兰所言："看清生活真相之后，依然热爱生活。"显然，贵昕正是这样的一位优秀的诗人。自我的精神在平常事物的损耗之中，仍然保持旺盛的诗意和善良的耐心，一盏纯粹的人性之灯于快乐的孤独里迸发光亮。

此前，贵昕出版过名叫《微芒》的诗集，这一本叫《微尘之上》。显然，贵昕在忙碌的生活与细小的文字之间完成一首首诗创作的过程，也是一次次完成对生命认知的过程。这是一种精神操守的安顿，也是哲学意义上世俗现场与形而上之境的完美契合，更是在诗歌的美学艺术上，回到现场、本质、神圣与虔诚，用质朴与反思，完成诗歌的多声部和交响。

无论恢宏还是微尘，皆是我想要的。

每首诗，通往未来。这或许就是诗歌本身最真切的心声。唯有爱，可以光芒万丈，可以经久不衰。在诗意的成长中，找到人类生活的洁净变得无限可能，那座高贵的精神隐修院就在那里，就在每一个清晨的鸟鸣里。

生活不仅充满了喧嚣和无奈，也有蝴蝶、花朵和艺术品。这一切的美好，皆在《微尘之上》。愿世间更多的爱，像割过的草地一样会重新生长。愿更多热爱生活的你，能够按照自己的意愿生长。

"重要的是自己的声音，重要的是生动的、独特的、自己个人的音调，这些音调在其他任何人的喉咙里是发不出来的。"（俄国·屠格涅夫）在缪斯蓝色的天空下面，你我在辽阔的尘世中准确地找到自己的生命之根，借这些微小的事物直通世道与人心，让每个人生命的向度与广度在行吟的诗行中不断被打开。

受贵昕盛情邀约，谨以此文代为序言，词不达意之处，敬请方家批评。

与贵昕诗友共勉！与诸位读者朋友共勉！

胡世远
2024年春于四叶草堂

胡世远，安徽霍邱人，曾效力于中国空军，现居沈阳。白天鹅诗歌奖创办者、《白天鹅诗刊》主编、《诗潮》全国新青年诗会发起人、沈阳市第十届"四佳人物"最佳写书人、辽宁散文诗艺术学会会长、《辽宁散文诗》主编。

目　录

第一辑　微尘有光

第二辑 微尘烟火

第三辑　百科微尘

第四辑　和光同尘

第一辑　微尘有光

从旧物中，清理出一汪泪水

看清生活真相之后
依然热爱生活

———罗曼·罗兰

旧居换了新主人
不能再回去了
知天命的年龄
面对无法返回的事
淡定，如行云流水

但有一些旧物需要清理
比如那扇窗帘，它宽大的胸襟
替我遮挡过多少刺眼的强光
也遮挡了我
望月的乡愁
我翻遍了窗帘所有的褶皱
一无所获

墙壁上的那部老空调
低头不语
它只在酷暑难熬的夏日

和着蝉鸣发出低吟
用身体里的氟利昂
给尘世的喧嚣，添几分清醒

窗前伫立，我无法理清
那逝去的光阴
一本一本翻着多年的旧书
扔掉之前，让往事
从书中跃起
忽然从一本书的扉页中
掉落一片过塑的红叶
依然鲜艳如火

我故作镇定，俯身拾起
顺手，把岁月积攒的一汪泪水
轻轻抹掉

倒计时

十二月，残留的簌簌落叶
就像要被撕光的年历，又开始
倒计时。一年中
那些尚未做完的事，一件一件
被越拧越紧，透不过气

我听见时钟喊着号子
正一声急过一声，就像
涨潮的海水，一浪高过一浪
没过脚踝，没过膝盖了
我奋力奔跑

尽管我知道，即使跑得再快
即使跑赢了这一年的潮汐
终究也躲不过，被岁月之潮
淹没的宿命

于是，倒计时的嘀嗒声
像寺庙里，小和尚敲打着木鱼
不再有涛声和旖旎
万物，归于岑寂

微尘之上

狂风大作，树影婆娑
尘世迷离。树欲静而风不止
只要根深扎泥土
总会等到风平浪静
就像，不曾有风来过

北风凛冽。瑟瑟发抖的
不是寒风，不是树木
也不是莽莽群山和江河
只要心无所扰、无所动
阳光，定会从天穹
照耀微尘

缘起则聚，缘尽则散
风起处，烟尘斗乱
不乱的，是那束光，是那微尘之上的
微芒。人类主宰的这个世界
是和光同尘，还是走向
毁灭？

秋风来

林间的蝉声已不再聒噪
它们听见了秋风的号角
瞬间安静下来
只有流水依旧淙淙
它们早为落叶，铺好了渡船

大地寂寥。七彩阳光斑斓照耀
只待秋风，挥动神来之笔
一望无垠的稻谷
齐刷刷地低头、躬身
虔诚地恭候
一场收割的盛典

农人备好车辆，腾空粮仓
他们知道，秋风一来
家家户户的粮仓
会像胃一样，撑满

此刻，我漫步于异乡
正一点一点，腾空自己
准备好和万物，一同迎接
秋风来

云端的橘子

初冬时节，剥开涌泉寄来的蜜橘
剥开羊皮纸一样薄的果皮
你就翻开了，一部涌泉寺的
经文。临海传来涛声
虔诚地祈福，诵经声轻拍
高耸的崖石

橘皮的脉络里，隐藏着
九曲十八弯，隐藏着一条
通往天路的奥秘
橘子涌出汩汩的蜜
也涌出尘世的甘苦，和一瓣
苦尽甘来的橘花

金黄的果肉沁入心脾，却找不见
一粒果核，蜜橘的心
早已飞往锅盖尖山顶
化作经年缭绕的云霞

冷

田野空旷而辽阔
蛰伏的小动物，隐藏了踪迹

就连微尘，也冻得
蜷缩一隅，僵硬不动

湖水紧紧抱成一块冰
不再泛起涟漪

群山裸露着，树木枯槁
像年迈的老者，瘦骨嶙峋

太阳呼出的哈气，凝成云朵
光线，被冻成屋檐垂下的冰凌

只有风，这世界舞动的灵魂
不顾冷暖永不停歇地吹着

不分四季诵咏着经文
万物静默。它们都在等待

空寂中，传来大地
心跳的回声

下雪了

天空，抖落
无数连夜抵达的快递
一朵雪花里，你可以窥见
整个冬季

有人推开房门，一阵惊喜
有人冻得瑟瑟，蜷缩着
他们都收到了一份
冬天的厚礼

寒风中，快递小哥也宛如
一片雪花飘落
送来一簇小雏菊，顶雪绽放
你几乎无法分清，哪一朵是雪花
哪一朵是雏菊，但此刻，你忽然发现
春天——正款款而来

海滩之谜

我赤脚，站在水陆相交的海滩
一排排巨浪涌向岸边
任凭海水没过裤脚。脚下的细沙
向岸上涌去，随后
又随潮水退回海里。而我正好相反
忽而下海，忽而上岸

其实，我始终原地未动
大海和蓝天
依然遥不可及，这多么像我
进退的人生

切椰子

要用一把，有分量的刀
用力切下，才会裸露
椰汁的吸口。用吸管
一口一口吸空。就像吸着海风
我能听见椰壳内部的
涛声。还有乳白鲜嫩的果肉
再次挥刀劈开，掏空
当把最后一片椰肉也放入口中
两瓣空空的椰壳，躺在一旁
咧开嘴笑了——
和赶海回来的我
站成了兄弟

海浪般若

海浪起伏辽阔
其实一滴水，就是大海的全部
也是人间的全部

其实大海在那儿很平静
只要心不动
无风亦无浪，无起亦无落

此刻，你将看到
般若波罗蜜，正驶向
彼岸

石头开花

窗台上放了一块石头
像世界杯足球赛的大力神杯
也像一支点燃的火炬

清晨，一束阳光直射进来
犹如被闪电击中
石头开花了

这是一块从深山里挖出的石头
一面经过更多流水洗濯，浸润君子之风
一面，布满了褶皱和沧桑

我把冰清玉洁的一面
示人。另一面朝向窗外
我相信，阳光总会抚平
岁月的伤口

此时，浮云带走全部过往
唯有，一朵盛开的莲花——
永不凋落

拣石头

一座老宅院子，摆满了石头
像一座石头博物馆，更像是
石头聚会，纷纷讲述自己曲折的经历
每逢遇到想不通的事
他就会去河边拣一块石头
千年流水冲刷的纹理，将心中郁结
逐一打通
每逢遇到伤心事
他也会去河边挑拣一块
挂着泪珠的石头，头一天晚上
它已替自己哭过了。石头圆润
发出慈悲隐忍的光
他常蹲下来，与一块石头对视
看着看着，自己也风化成了一块
拣回的石头

谈起石头

每逢谈起石头
他双眼瞬间发出石头反射的
光芒。脸上犹如花朵绽放
但我能看见，那花瓣上
垂着夜里流淌的泪痕

每逢谈起石头
他总会提起他家的老宅
宅子里摆满了形状各异的石头
我能感觉到，每块石头里
都藏有一段心事和过往

每次去河边，他都会拣回一块
就像找回行将迷失的自己
每次看到河水千万次冲刷的石头
在河里欢快地歌唱
他每一节骨头，又注满了力量

后来，我也拣了一块
布满纹理、光滑又坚硬的石头
带回家

高楼之间，是尘世的风口

回到久别的小区，高楼林立
熟悉的花坛和一草一木
频频向我招手
从二十三层的窗口，俯视行人如蚁
远眺夜幕，华灯闪耀
人间的繁华，遮蔽了星斗
高楼之间，风依旧呼呼刮着
掀起岁月的激流，翻动
过往跌宕的风景

此刻，我宁愿避开这澎湃的风口
寻一隅低矮的茅屋
紧贴大地，呼吸泥土

啼哭的婴儿，喊出我骨头里的痛

夜里，楼上又传来婴儿
撕心裂肺的啼哭
穿过楼板，海浪般
冲刷我的睡意
她一定还不会说话，试图用哭声
传达委屈和痛楚

我可以用言语表达，但左右心房
已失语多年
就像一只喑哑的夜莺，停止了歌唱
此刻，婴儿撕心裂肺的哭泣
刚好替我，把骨头里的痛
喊了出来

海潮退去，我成了裸露的鱼

海潮退去，我在养马岛沙滩
寻觅大海上岸行走的踪迹
没看见些许鱼儿和贝类
却发现一块布满网格的岩石

难道是秦朝石匠雕刻的隐秘？
抑或早期渔具的化石？
面对这从海底浮出尘世的网
我成了网中褪去鱼鳞
浑身裸露的鱼

疼痛的右腕，泄露了讳莫如深的生活

晨起，右腕阵阵剧痛
年少曾经力拔山兮
举筷，竟夹不起一叶菜肴
赶赴医院，X光透视
影像显示：右腕关节未见异常
骨科医生诊断：右腕部尺侧
三角软骨盘损伤
要求：不要再左右转动
我反复思忖，这疼痛的缘起
没有跌打损伤，没有再发洪荒之力
右腕，是我的万向节
每天都要无数次承压和腾挪
迎合世间之物
我幡然醒悟，为什么拍片时
医生要我把腕部立起
不要偏左，也不要偏右
就像我无论何时，都把腰杆挺直

疼痛的右腕，不经意泄露了
讳莫如深的生活

我看见了云后的光

雨中，我驾车前行
时而淅淅沥沥，时而暴雨如注
我始终正襟危坐
不为所动

我及时调整雨刷器的频率
辨清外面的世界
开启导航
防止迷失方向

我每天何尝不是躲在车一样的
壳子里，每天穿行雨中
撑起一把伞，或用车子把自己
裹得严严实实

任凭大雨滂沱
我始终泰然，因为我看见了
云后的光

挂马掌

老铁匠，锻打马掌的声音
叮叮当当，成了我童年的回响

那烧红的烙铁，给马镶上
奔跑的彩虹
当当钉牢的马掌，为马插上
跋山涉水的翅膀

马格外温顺，像是知道主人的期望
前方，还要翻越道道崎岖的山冈

如今，老铁匠早已不在了
而我却像那匹马，在异乡踽踽而行
多么渴望，挂上一双家乡的马掌

擦鞋匠

舞起擦鞋布，娴熟得
像一位老水手，扬起船帆
仿佛在说，鞋就是船
载你驶向彼岸

常年浸染鞋油的指间
闪着黑漆的光。他低着头
像擦拭一对对灯盏
行人脚下的路，亮了，他们走过的曲径
镌刻到擦鞋匠的脸上

新年过后，黝黑凹凸的面孔不见了
矮凳上，一位相貌相似的青年
动作和老水手一模一样
正为匆匆赶路的人，扬起帆

朱砂手链

从凤凰古城回来
腕上多了一串朱砂手链
外出时，我把它收进袖子
独处时，才露出
就像一枚小镜子，时不时地
照照自己

手指捻过珠子，仿佛捻过
岁月的背脊
密密篆刻的六字箴言
在心中默默念起

我仿佛看见，湖水寂寥
看见地壳的岩层深处
裂开一道缝隙，一只火凤凰
划开万道霞光

从未试过的刀

柜子底部，收藏了一把
旅游带回的云南刀
虽说爱不释手，削铁如泥
却从未试过

万物终有分离
何须用刀，比如暮秋落叶
阳春冰雪
滚滚红尘无尽无休的欲与恶
用刀，不如点亮一盏烛火

圆润之物，似乎比利刃
有更耀眼的光亮
比如水滴，鹅卵石
比如一颗虔诚的心

那刀，始终在箱底躺着
紧裹锋芒
几次想拿出来欣赏
却不忍心打扰，就让它
一生打坐，安静地睡觉

残荷

夏日盛开的荷花
早已幻化成芬芳，踏云飘去
任凭秋风抽击宽阔的叶子
一次次击打它的宽宏
莲蓬托举着成熟的籽粒
托举起留给人间的
六字箴言

清晨，虔诚的人发现
干枯的荷叶，有夜里未拭去的泪滴
低垂的叶子正用体温拥抱着湖水
护佑着水底淤泥里的藕
护庇着不染凡尘的慈悲

残荷在秋风中摇曳，站成了
引颈欲飞的丹顶鹤。向苍天
呼唤圣洁的雪，呼喊
来年的春风

雨刷器

雨滴落在车前窗
好像艺术家涂抹着沙画
雨刷器反复清空
景物变换
多么像无法预料的人生

忽然天空暴雨如注
那是上苍为人间郁积的泪啊
一次次抹去，又一次次流淌
两只纤弱的臂膊
不停地擦拭着尘世的
疼痛与浑浊
倔强，决绝

"唯有甩掉泪水，才能驶向远方"

油腻

油脂溅出炒勺
满灶台的油腻，令我这个
清汤寡水活过来的人
痛心。真想把那层油脂
刮起来，再次回锅

准备上班，树下停靠一晚的轿车
落满枝干上脱落的油脂
小时候都是骑单车上学
从未留意，始终沉默不语的树木
也有油腻的秘密

走进办公楼和办公区
似乎油腻也四处飘逸
打开窗户吧！让清风
尽情涤荡，赶紧吹散这
无处不在的油腻

昔日的河流

人能否返回昔日的河流？
河水默不作答，呼啸的北风
推着我奔走

晨曦的金线，一路牵引
向东，顺流而行
落日的余晖
又呼唤我逆流向西，返回家门

不再迟疑的脚步，叩响
每天的虔诚
左侧车马喧，右侧河水静
我往返奔袭在这条分界线上
参悟天命

忽然，一夜冰封
潜流，在河床底部暗涌

"无法重返往昔的河流
也无法映出昨日的倒影"

过堂风

穿行于喧嚣芜杂的市井
往返于上下班的途中
只有安坐一隅，翻开
一本诗集，抄写一遍心经
才重归宁静，就像
家乡老宅的过堂风
白日在灶台间流连
吹旺人间烟火
黄昏时分，又一次次追随落日
返回深山老林

在尘世，每天都要拖拖地

每天，我都要把居室的地拖一拖
柔软的抹布与坚硬的地板摩擦
浮尘和生活的碎屑
被风涤荡，露出洁净的天空
我心中的抑郁和躁气
也在反复擦拭中消解
但，那些顽固的脏渍
需要用水溶解，用力
擦出世界本来的光亮
就像心头的疼痛和疤痕
需要爱和忏悔，反复洗濯

每天都要拖拖地
因为泥土组成的尘世，每天
都有飞来飞去的尘埃

学妈妈簸谷子

小区晨跑，身体伴随步伐
有节奏地颠动，很像小时候
妈妈用簸箕簸谷子
一下一下，分离谷皮和沙土
最后留下金黄的谷粒

健身跑步，不在于速度和步幅
只需双脚不停地腾空、着地
思想伴随呼吸的韵律
在时空里摇曳，一点一点
簸去浮尘，直到把自己簸成一粒
发光的小米

春风漾

一潭湖水
就是一杯美酒
不知喝了多少年
春风漾——
千年陈酿

一条小河
就像一条银蛇
不知爬行多少年
春风漾——
童趣悠长

一片田野
宛如一张温床
不知孕育多少年
春风漾——
油菜花黄

可怜春风，年年漾
清波起，人已去。唯有
心在水中央

人生咏叹

1

哇的一声啼哭
仿佛山谷中的鸟鸣
唤醒了明媚的春天

虽然只有几米远的视野
却浮现一片光明
照亮混沌的世界

十月的心心相印
千年相约，终得相见
那双慈爱的眼睛
深邃又遥远

2

昼与夜交替的酣梦
宛如晶莹的露珠
滋润幼小的心灵

吮吸母体的乳汁
禾苗一样生长
汲取毕生无穷的力量

"咿呀，咿呀……"
练习说说只有自己懂的话
练习匍匐着爬行
练习站立行走的平衡，学会
仰望星空

这些练习，竟会
持续一生

3

那颗透明的童心
蓝天一样纯净
湖水一样清澈
蓝宝石一样心底闪亮

开心的欢笑
像百灵鸟歌唱
秋千，晃动时光的波纹
长大了，去了远方
那秋千还在月光中摇荡

4

多少烦恼和思绪
像南方的丝雨芳菲
大地辽阔，远山迷蒙

沿着堤岸起伏的小路
迎着漫天的花瓣雨
一路狂奔，冲向
深处的苍茫

5

缭绕的晨雾消隐
朝阳跳跃，波光粼粼
林子里苹果青涩
一只只蝴蝶飞舞

转瞬褪落的青春
唯留下惆怅，犹如
蝴蝶翕张的翅膀

6

背起行囊，奔走异乡
像蒲公英随风飘零
落在哪里，就在那儿
生根、发芽、开花

左肩担起朝霞
右肩扛着夕阳
无暇欣赏一路风景
在哪里跌倒，就在哪里爬起
砥砺歌行

7

走着走着，不觉已白发苍苍
宛如雪花飘进开启的窗
酸甜苦辣，皆成过往
像微风轻拂，淡淡的忧伤
风干眼角的泪痕

手抚新芽，萌发、成长
心中涌起新的希望

8

仿佛星星划过岁月的长空
仿佛匆匆短暂的旅程
仿佛青春的火焰仍在燃烧
仿佛美好的期待延续永恒

哇的一声啼哭，撞响了
远山的晨钟

又
一
次
重
生

岁月静好

1

满月的一天，我突然掉进了
宇宙黑洞。一阵摇篮似的颠簸摇晃
眼前打开了崭新的世界
有人喊我小乖，我从纸盒箱里
穿越

穿越到哪里？我叫小乖？
有些事情，想必命中注定

2

主人每天定时给我美食
也备了些玩具，不时逗我玩耍
我在屋子里蹦来跳去
很开心，也很幸运

没有了之前禁锢的牢笼
主人好像也很快乐

像妈妈一样，笑眯眯

她允许我在房间里撒欢
更多时候，我喜欢黏到她怀里
孩子般撒娇，安静地睡觉

偶尔和她一起看电视
有一次看到画面血腥，我分外恐惧
我不明白，为什么人类自相残杀

3

傍晚，我蹲坐在门口守候
她回来时，总显得异常疲惫
但一看见我，就舒展了愁云

她说，看见我的柔软
"心都化了"。她说
"来生投胎成一只猫该多好"

4

我喜欢钻进衣柜，躲进鞋盒
也喜欢跳上窗台
好奇地望向窗外

后来，她把我带到楼下
看到来往的陌生人
我竖起每一根毛发，瑟瑟发抖

5

人类神通广大
仿佛都是神仙
我不懂人世繁芜，不懂为什么
他们有那么多喜怒哀愁

但，如果有来世
我愿投胎为人
只为，告诉他们——
"无忧无虑，岁月静好"

光影

清晨，墙壁上映出一道光影
随风闪动。家中小猫施展浑身解数
捕风捉影，乐此不疲

我正想笑话家猫的天真
不知陆离的虚幻皆是空
可还没笑出，便戛然而止——

世上多少终日奔波的人
又何尝不像这小猫
水中捞月，耗尽一生

我也曾想捕捉春天

打开窗户，猫咪跃上窗台
兴奋，躁动。望着返青的树丛和小草
竖起耳朵，谛听
它默不作声，感受
万物萌动

明亮的眼神溢满春光
映着林间小鸟跳跃
我们心照不宣，彼此都听见了
春天的回声

看它跃跃欲试的样子
必是想去捕捉春天
就像儿时，我仰望浩渺的星空
伸出手，想抓住
划过的流星

咔吧咔吧

吃不饱的年月
夜里常传出
磨牙声
现在，丰衣足食了
大白天
下巴骨却下意识地
咔吧咔吧咀嚼
是反刍往事
还是生活这根绷得太紧的弦
自动调节

假日

凝视久未开启的电视
像见到久别重逢的故友
我手里拿着遥控器
如同握紧了彼此的手
一阵沉默，雪花在彼此的头顶闪烁
孩子看出我的尴尬
替我调出了频道。我一会儿看看春晚
一会儿看看冬奥
其实，看什么都不重要
我一边做着家务，一边
听着它独自倾诉
我发现，擦洗过的地板
发出耀眼的光，阳台的巴西木
开出一串雪白馨香的花朵
逝去的光阴
正悄悄折返，落满双鬓
窸窸窣窣地，浅唱低吟

时光的样子

白云在天空飘荡
微风吹拂，仿佛大地
扇动起翅膀
我定神凝眸，仿佛看见了
时光的样子
它抚摸着远山、流水
亲吻着草木，拉出长长的影子

人们在岁月里奔波
时光在世间遁隐
它用无形的小手
拨动指针
镜子里，你会不经意发现时光
发现它在脸上
留下的脚印

光明与黑暗

1

阴阳八卦图，交感生万物
万物总有影子相伴，像人间
纠缠不清的恶与善

漆黑的夜晚，藏起来的影子
无法发现

2

东西两个半球，黑与白
交替变换，好像世界
总有光明与黑暗

其实地球没有任何变幻，只是与太阳
转换了倾角

3

太阳是一只燃烧的火鸟
无论东升还是西坠
永恒照耀

仿佛一位，怀揣慈悲
一路施舍众生的行者

远方

黎明时分，我坐在候机厅
沉浸在一首诗里
读着读着，我驾起
一行行跃动的诗句
扇动起飞翔的翅膀

远方，一颗闪烁的星星
牵出一缕金色的霞光
仿佛爱人伸出的手指，深情地抚摸
这迷离的尘世

雪落南山

大地纸一样洁白
挺拔的树干，耸立的岩石
袒露终生的眷恋

远山的古寺，已断瓦残垣
风中传来悠远的梵音
雪光里飞出鸟鸣
仿佛一道神谕，向我召唤

雪晴，天空澄明、蔚蓝
快要滴下水来
我伸出食指，蘸了蘸，勾画
打马赶来的春天

蛰伏

从没想过，人类
也可以蛰伏，在这个冬天
蜷缩着，任凭思想潜滋暗长
把年少的梦，重温一遍吧
把没有数完的星星
一颗一颗拾起
把积攒一生的爱，捧给远方
悲悯的泪，顿足的痛
犹如融化的雪水
汇成江汉的汪洋
待到春风荡漾
肋下，定会生出
噙满泪水的翅膀

春雪

像无数条皮鞭，抽打大地
一夜的惩罚，疼了谁的肋骨
春雪，还回一个清白的人间

像春风裁剪丝绦，无数根银线
一夜间，织成辽阔的地毯
洗去了多日的阴郁、灰暗

天亮了，日出了
春雪流出涟涟慈悲的泪水
浸润泥土，萌生万物
挺起那个非凡的春天

第二辑　微尘烟火

刨树根

寻找根部裸露的枯树
挥起镐头，山坡一阵抽搐
刨疼了大山的筋骨？
碰到了山村的痛处？
咚咚的回音，回荡在
北风呼啸的山谷

棉帽下，红扑扑的小脸蛋
像刚翻开的一捧捧新鲜的泥土
篮筐里，一块块树根紧抱着
曾经拥有的春天
孩子们兴高采烈地抬着
像抬着，神圣的祭物

树根燃旺炉火，红彤彤的，宛如心脏跳动
温暖寒冬再简陋不过的教室
点亮山村一个季节，点亮孩子
一生的路

开山

一声开山的吆喝
喊起村里奔涌的人潮，荡起山里
生活的渴望

大人们用锹镐，筛金子似的
把山坡地翻了一遍又一遍，筛出
那些被遗漏的秋天
就像筛出一粒粒生活的种子
放到背上的篮子里
背负起
一家人的春天

孩子们拥向果树林
猴子似的爬上果树
躲藏在叶子后面的果子
已无处藏身
只好和一颗颗童心对视
随后是一声高过一声的
尖叫

多少年了，如今山门始终开着
却不见了孩子们的身影
他们正在异乡躬身，不分昼夜地
开山

剪指甲

天亮了，孩子还在梦乡
按照睡前的约定
我小心翼翼地给他剪指甲
剪掉，他身体里长出的
多余的坚硬之物
正如我自己，经常要打磨
骨节里生出的尖锐部分
可无论你怎么修剪
它还是会从肉身里
不知不觉地拱出，并
时不时地，硌疼
生活

孩子翻了一下身，似醒非醒
阳光爬满纯真的笑容，多么像
此刻，刚刚修剪整齐
清爽含笑的我

吹头发

每次儿子洗完澡
我都会给他吹头发
把一片湿漉漉的水草
吹成广袤的草原
我能听见
骏马驰骋的马蹄声
也能看见雄鹰
在天空翱翔

吹着吹着，水草越长越高
由俯首变成仰视
吹着吹着，哪里是吹头发
分明是吹着雄鹰的羽毛
终有一天，振翅
飞向远方，只留下
大地的空旷和孤寂

我独自伫立，手持风筒
直到把自己，吹成
头顶一朵白云

穿过昆明湖去接你

公元2023年最后一天，我穿过
昆明湖去接你。滑着冰车
穿过十七孔桥，乘风
驶过湖畔昂首遥望的铜牛
你说你在万寿山脚下，在排云码头
我看见你，风姿绰约

冬日的昆明湖，打坐成
一块晶莹剔透的魔冰
颐和园晴空万里
所有云朵如同过往
已全然排空

数不清的大人和孩子
在冰面上漫无目的穿行
他们又像在寻找什么
用冰杖突破冰障，奋力
滑向远方

我穿过昆明湖去接你
一潭湖水，就是冰凝的尘世

任凭冰刀划过，冰杖扎过
风卷残冰，千疮百孔
却仍在虔诚地蛰伏，期待
来年的繁花

老院子菜地

老院子菜地
曾养活一家三代人

又到了播种时节
母亲低头翻土做垄
像是在翻找
埋藏的记忆
长长的田垄，仿佛
根根手指，刻着岁月

母亲撒下一粒粒种子
好像把幸福，播进泥土
盼望结出流蜜的果实

当黄瓜、豆角、西红柿……
缀满院落，母亲望着它们
就像望着一个个孩子，望见了
奔赴远方的亲人

劳动节快乐

"小葱长高了"
母亲弯下腰，垂下一朵
春天菜畦里
最美的花

"韭菜绿油油，收割几茬了"
割了一茬，又长出一茬
飘来韭菜炒鸡蛋的味道
仿佛我日夜滋长的
乡愁

"还有一块，已经备好垄"
我不知道母亲要种些什么，但
电话那端，母亲开心的笑声
和千里之外儿子的思念
正被春风，一缕一缕和着汗水
播入她耕种了一辈子的
这块土地

红枣树

儿时，在老家西墙边
我和父亲栽下一棵红枣树
离开家乡那年
它结满了红红的果子
像一团熊熊的火焰，点燃
青春的梦想
也点燃了年复一年的思念

后来，那棵红枣树越发高大
牢牢的根系，蹿出一棵小枣树
深扎泥土，与大枣树
相守相望
就像异乡的我
一边吃着父亲寄来的甜枣，一边
遥望家乡……

菜窖

每逢霜降过后
父亲都会在院子里
挖一口菜窖
让菜地里的萝卜、白菜
转入地下平安冬眠
这里也是我和小伙伴们
冬天的游乐场
从窖口的梯子爬上爬下
犹如开启了神秘的童话世界

春天，父亲又把菜窖填平
种上绿油油的蔬菜
我空落落的童心
又像一只寻芳的蝴蝶
沉浸于花香

一口菜窖，封存了一段过往
宛如镌刻在乡土上的
一枚印章

垫圈

一缕晨曦，牵出我和父亲，牵出
一车黄土，垫起夏季洪水的高地
再垫上一层蒿草，落成
两头小猪的宫殿

岁末。鞭炮响起，一头过秤
一头，被摆上过年的餐桌
父亲手里数着一张张大团结
心里盘算着一年的花销

春风荡漾，我们又一锹一锹
把宫殿挖空。父亲把一坨一坨黑金
撒向春天的田野，播下
岁月的憧憬

如今，宫殿围栏早已拆掉
空空如也。只有几棵荒草，风中摇曳
父亲端坐屋檐下出神地凝望
满脸褶皱和风霜，仿佛那块荒芜土地的
倒影

那口吊炉饼

那年冬月，父亲用自行车驮我
从乡下赶到城里拔牙
冰封的护城河上北风凛冽
我瑟瑟发抖。父亲安慰我
拔完牙去吃吊炉饼
那是城里最好吃的馆子
我突然就觉得暖和了
走进饭馆，我嘴里还咬着纱布
离开饭馆时，我紧咬着最后一口吊炉饼
舍不得咽下

后来，我漂泊异乡
每逢遇到坚硬疼痛之物
每逢孤独寒冷的夜，我就不由自主地
咀嚼

父亲说

父亲说，老院子门前的花
开了，满院芬芳

父亲说，老宅房前的枣树
结满了果。他还提起
深扎泥土的根，提起
茂密葱茏的树冠
撑起一片蓝天

父亲说起家乡那条小河
河里每一滴水，每一朵浪花
一次次向山谷回望
一边回望一边
奔涌向前

父亲在老宅院子里
一遍遍清扫花瓣和落叶
他却从未说起过花落

坚守

父亲和衣而睡
院子里一声狗吠
父亲像一座山
从土炕上猛然耸起
拉亮灯盏，打开院门
一辆货车驶进院子停泊
哥哥深夜出车，平安归来

如今，我们奔忙异乡
父亲在家乡老宅坚守
他挺立在家庭微信群
用微信表情向儿孙们喝彩
他发出激情的诗行，扬起后人
远行的帆

我望见了父亲母亲

出差路过家乡
却未能返回家门
高铁窗外，山峰高耸
正挺直腰杆，眺望远方
我望见了父亲
挺拔高耸的脊梁

家乡蜿蜒的河流
依然奔腾不息，日夜滋养着
那片神奇的土地
我望见了母亲
布满岁月褶皱的脸庞
沧桑而慈祥

那年元宵节

元宵节的月亮，格外圆格外明亮
像茫茫夜空的眼睛
但为什么只睁开了一只?

妈妈把元宵下到锅里
像很多个月亮爬上来，也像围着妈妈
眼巴巴的孩子们的眼睛

月亮发出皑皑白雪一样的光
元宵就像孩子们玩耍的雪球
在锅里，滚成一颗颗童心

孩子们的眼睛，黑黢黢的
闪亮。妈妈的眼角却缀满
岁月的忧伤

蒿草

妈妈一辈子都跟蒿草过不去
无论田头垄间，还是房前屋后
总有她拔不完的草

其实，就像城里拔地而起的
那些高楼，顽强生长的蒿草
就是乡村的符号

难怪妈妈说，这些犄角旮旯里
永远锄不净的蒿草，和咱村里人
一样倔强

是啊，拔了一辈子草，到头来
还是要被村头的蒿草
淹没

雪夜

一辆货车在雪夜穿行
仿佛在探索茫茫宇宙
耀眼的强光犹如聚光灯
照向苍穹飘落的雪花舞者
我在思索，雪夜尽头会是怎样的世界

途中，发动机被寒冷冻灭
哥哥匍匐车下，点燃炭火
唤醒冻僵的马达重又发出轰鸣
像一匹咴咴长啸的骏马
昂首踏上风雪征程

这是我当年背井离乡的前夜
陪伴哥哥雪夜送货
多少年了，哥哥生起的那盆炭火
像北斗，无数次照亮
异乡的夜空

墙画

他在一面墙上，画着
玫瑰，松果菊，粉黛草……
墙上开出的绚丽花朵
都面朝大海
墙里走出一群，赶海的人
他们有的网起
一兜亮闪闪的鱼
有的捞起
一抹晨曦

他额头上汗珠滚落
激起澎湃的涛声
祖先当年划着一只破渔船
漂洋过海闯关东
如今，他用一支画笔
蘸着先人的灵气
去勾画，先人走过的足迹
不惜倾尽一生
他画出海岛，画出美丽乡村
海浪齐刷刷站立，托举起
多少代渔人的梦

此刻，他终于可以在族谱的扉页上
安心写下——
"蓬莱长山岛人氏"

对祖父的记忆

是的，记忆中您始终穿着一件
补丁缝补丁的旧衣
缝满了世纪的苦难
缝满了
一世的沧桑

房前院子里，您用双手
支起一垄一垄黄瓜架
不，您是在垄上演奏
吹拉了一辈子的
唢呐和二胡

秧苗沿着您搭起的架杆
奋力攀爬，开出小黄花
花蕊上挂着晶莹的露珠
不，那是您悄然滚落的
泪滴

每逢刮风下雨，您就戴上一顶
传袭下来的草帽
伸手扶起歪倒的秧苗

就像扶起我们
儿时的蹒跚

只有当窗外飘起雪花
您安详端坐炕上，热一壶高粱老酒
听村头高跷队锣鼓喧天
脸上布满的阴云沟壑，才映出
微醺的光

和时光赛跑的人

没有一棵树能跑赢时光
一圈一圈的年轮
终将被风带走
没有一个人能跑赢时光
一步一步的脚印
终将湮没红尘

校园里，那株与时光赛跑的枯柳
依然安详地睡着
当孩子重返母校，望着时光墙上
自己曾经纯真的掠影
嘴角泛起灿烂的笑容，刚好托起一片
落叶秋风

他在时间的跑道上
成熟自信，奔跑不停
瞬间，涌出莫名的泪花
笃定岁月，终将不负
和时光赛跑的人

手机落水

一不小心，手机掉入水盆
仿佛落日沉没大海
捞出时
一片漆黑
没有手机的日子
我就像丢了魂灵
飘荡人间

孩子说，换手机吧
犹如棒喝，我不再纠结
当一部新手机
荧光一闪，被打开
一段悲欣交集的过往
被掩埋

手机落水，瞬间抹去了
岁月走过的印痕
而太阳，每天都被海水
洗濯一新

日常

我把煎蛋翻了个身
像闹钟，喊醒仍在酣睡的儿子
儿子也翻了个身

我把煎好的三明治端上餐桌
儿子也上桌，开始咀嚼
还没做完的梦

电梯哐当一声，关上书包的背影
我喘了一口气，返回房间，终于打开了
我自己

父子对话

1

今年春节不回老家了
不回就不回吧,平安就好
单位发过年券,我换了
米面油套装,已发货,注意查收
年货已收到
我网购了两只老母鸡
青岛黄花鱼——这是您最爱吃的
家里什么都有,不用再快递了
看着手机微信,双眼浪花涌动
父亲,我对您的爱和思念——
也已快递,您收到了吗?

2

快中考了,抓紧时间学习
也要注意休息
——别唠叨!
不要熬夜,该睡觉了

——别嘟囔！
需要帮忙吗？
——别再晃！

孩子，将来终会有一天
想听父亲唠叨也听不到了
只能听到大地的回声
我现在的嘟囔，都将随风而去
也许，汇成一盏灯，装入你的行囊
为你，照亮一生

此刻，每个人都是世上待嫁的新娘

过了腊八和小年
时钟的脚步忽然慢下来
孩子们翘首一身新衣
糖果佳肴，不限时的游戏
用烟花和鞭炮，点亮新年的愿望

漂泊异乡的人，急匆匆赶路
倦鸟归巢，飞往家的方向
守候的老人，掰着手指数念时光
一次次蹒跚出门，一遍一遍张望……

此刻，每个人都是世上待嫁的新娘
心里扑腾扑腾地，期盼从远方赶来的
那顶花轿和新郎

一段土路

一段土路，蜿蜒如一条金色的腰带
缀满孩子们银铃般的笑声
把家和学校，拴在一起

遇到漫天飞雪的冬日
北风呼啸，雪地上踩出的脚窝
勾勒，走出山沟的梦想

如今，土路变成了乡间柏油路
闪闪发光，连接远方
昔日岁月的雪花，落成
头顶的冰川

走不出的八里

我出生在乡下八里
高中前就没走出过八里
读高中到了城里，离家刚好八里
那时，觉得八里是很遥远的距离
八里是我幼时的全部天地

如今，我漂泊在首都
老家八里成了巴掌大的面积
碰巧，我住在海淀西八里庄
每天上下班，还是八里

八里啊，竟是我辗转一生
也走不出的一道神谕

清明祭

千里之外遥望故乡
家人们正在清明扫墓
山脚下村舍错落，乡村的烟火
已替我点燃三炷高香

我捧起漫山盛开的梨花
献给山坡上安睡的列祖
山峦起伏，多么像先人
不屈不挠的脊梁

千里之外叩首故乡
谛听春风鸟鸣，山谷回荡
村头的河水，正泛起
圣洁的灵光

星光，点燃了香火

一位大师说，点香
就如同用手机拨信号
点燃的瞬间，子孙的讯息
祖先就会收到

清明节的夜晚，我在异乡
把对祖父的思念，默默捻成
一炷高香，朝着家乡的方向叩拜
头顶的星光，点燃了闪耀的香火

我轻轻摁下发送键
立刻传回祖父，欣慰的笑容

绣花褥单

年过八旬的姑姑，颤抖着翻出
压箱底的一件绣花褥单——
那是奶奶绣给姑姑的唯一什物
已由大红褪成赭黄，仿佛一捧
耕犁一个世纪的乡土
荷花依然挺立，绿色的荷叶
被岁月一次次抚摸
化为屋顶飘荡的云朵
跃起的锦鲤，是连年有余的寄托
抑或儿时钓起的欢乐

我未曾与奶奶谋过面
一次次叩拜过她墓碑上的名字"董府田氏"
此刻，我端详她精心绣制的褥单
猜度着她艰辛而短暂的身世
感觉很像案头的辛波斯卡诗集——
《万物静默如谜》

夜过虎峪

拂晓驱车，赶往蔚城吊唁诗友奇伟①
返京时，蔼蔼暮色正在天边聚拢
仿佛墨写的忧伤，对尘世
顾盼流连。层层游云的缝隙
露出他悲悯的目光，在广袤大地上
书写跳跃灼痛的诗行

错过了京藏高速路口
我沿着一条漫长的山路，缓缓爬行
峭壁林立，群峰静穆
仿佛一行行送行的队伍
车灯在漆黑的山间亮起一道光柱
犹如奔涌的泪水，汇成
飞泻的瀑布

后来查找地图，那里叫虎峪
那晚没有遇见出没的老虎

————————

① 奇伟，原名赵奇伟，中国网络诗歌学会创始会长，
《中国诗》杂志主编，不幸病逝于2020年扶贫路上，著有诗
集、散文集《千年的路》《醒来》《关于尘埃》《末季与缄口》
《多少故事》《过往》等。

即使相遇，也定会温顺如猫
车辆驶出一条隧道，照向
北六环的图标
街灯摇曳，把我又拽回
尘世的喧嚣

墨写的忧伤

手中的笔，从未如此苍白
无以表达墨写的忧伤
笔端涌出汩汩的泪水，滴落成
一行行黑纱

你在《千年的路》口，独自《醒来》
用京腔的高音呼喊民间的疾苦
少陵野老一样，四处奔走
你高举《中国诗》的旗帜，唤醒世间
每一粒《关于尘埃》的灵魂

你的根深扎乡土，行走在扶贫路上
直到把最后一腔热血，喷洒在——
留家庄北堡村，在这秋冬阴雨的
《末季与缄口》，《多少故事》定格为
《过往》……

一阵风，擦肩而过

无意间，看到手机微信里
停靠着一位"停车场师傅"
我已记不起他的名字
脑海中，他始终风雨无阻
照看车场的背影，就像在守候
他家房前的菜地
我每天出发或归来时
他总是绽放着笑容，像极了
老家的亲人
他和我提起家人时，便仰起头
眺望远方阴郁的天空
我从车上拿给他一盒月饼
我看到他的喉咙
抽搐了两下
他告诉我
停车场开始智能收费了
他已准备回乡，继续耕种那
二亩三分地
照看卧病在床的老人和三个
嗷嗷待哺的娃
他向我挥挥手，带起一阵风
从我身边，擦肩而过

雪花盛开

第一场雪，纷纷扬扬
盛开在北京的冬夜
这从天穹绽放的簌簌银花
亲吻着每一条街道，每一座楼宇
拥抱着每一棵树，和每一位
举首仰望的人

赶来全聚德聚会的同学
踏着一路的圣洁
几十年北漂的雪啊
落满岁月流逝的头顶
发丝间闪烁着雪的光芒

我们团团围坐
多么像白雪覆盖下
涌动的尘埃

冰冻，封不住一缕乡愁

家乡的河水，蜿蜒的光阴
寒冷的北风，把它装饰成一柄长镜
岁月，在冰冻深处流淌

冰面，童心一样洁净
冰车和冰杖，留下儿时
嬉闹追逐的印痕
一个华丽的转身
在冰上舞蹈
与寒冰深情拥抱

冰冻，封不住一缕乡愁
经年的背井离乡
浑身的仆仆风尘，我仿佛
一汪解冻的春水

三十年的泪滴，仿佛陈酿

高铁飞奔，莫名地
给她发了一条问候的微信

"正在老家，为妈妈烧五七"
窗外飘起雨，飘起一位慈祥的母亲

远山起伏，大地退隐
一滴泪，滚落，晶莹温润
三十年的泪滴，仿佛陈酿
被岁月封存，又被时光开启

心愿

玉米通身金黄，秋风
奏起挽歌
农人神情庄重，在田垄上
躬身收获

一镰镰割下玉米的身躯
他不停地弯腰，安放
行注目礼
仿佛盛大的仪式

掰下的玉米棒，光芒闪烁
那是人们的一粒粒口粮
嚼入体内
挺起了脊梁

扎入泥土的根须，翻出来
再归还给大地
玉米秆堆起农家院的柴垛
燃起冬日的灶火

烟囱飘出缕缕青烟

萦绕成眷恋山村的云朵
农人站立过的田野，已全然腾空
留给犁铧，播撒春天的种子

乡土沃沃
年复一年养育着
山里的日子

晚归

夕阳，拖着沉默的河流
河流，拖着流云徘徊的倒影
而我的疲惫，拖着长长的
空空如也的地铁车厢
绕着熟悉又陌生的城市
穿行

晚归的我，像掠过云端
归巢的倦鸟，也像河中潜游的
一尾鱼儿。无意驻足领略缱绻的波纹
浑圆落日和辽阔的天空
只想，赶在天黑之前
把一天的劳顿
安放家中

第三辑　百科微尘①

---

① 本辑诗歌为作者于 2020—2023 年，参加百科诗派平台主题创作的诗歌，有部分诗歌被译成英语、西班牙语、阿拉伯语等。

蔚蓝

1

天空辽阔。透过蔚蓝洒下光芒
万物都在宁静的蔚蓝之下
匍匐着，生长或死亡
纯净，祥和

白云飘过，仿佛神灵手执画笔
在天空的画布上轻轻描摹
阴云密布，那是神灵忧郁的眼睛
对尘世的慈悲，流出泪水
簌簌滴落

为了丈量这蔚蓝，多少雄鹰
折断了翅膀
为了穿越这天空，一列列雁阵
年复一年往返，翱翔
它们试图剪开天空的豁口，打开
蔚蓝之门

2

大海浩瀚。深不可测
这幽深的蓝，似乎隐藏
万千物种生死的秘密
起伏的波浪，粼粼的浪花
必是波涛下无数
生命的绽放

巨轮在天边追逐夕阳
海天一色的蔚蓝，正被晚霞
洇红

3

每一件衬衫，每一件外套
都是天空和大海的颜色
我把自己
也溶进一片蔚蓝里
独处一隅
任凭泪水在眼眶中汹涌
夜深人静
任凭静寂的内心掀起波澜

仿佛，那只振翅的鹰
仿佛，那艘扬帆的船

篁岭之冬

冬日篁岭，收起漫山遍野的花海、秋红
白墙黛瓦间，一处处砖雕、石雕、木雕
雕琢篁岭古老的岁月，作坊里的老人
诵经般，敲打着古村落的光阴

暖阳斜照。山岭和屋顶，反射道道白光
仿佛飘落的云，而蓝天上浮动的
是雾岚，是落雪在山间升起村落的图腾
雪花窃窃私语，山野静静谛听

此刻，油菜花海的梯田已被雕刻成
篁岭数百年斑驳的年轮
亦如佛手清晰的指纹，如同篁岭
净无纤尘的波心

一把火红的油纸伞，撑开少女
隐藏的心事。铜锣唢呐声
震醒了屋瓦和树上的雪花，迎接花轿
从天街下入凡尘

半轮月亮爬上山岭，浓浓乡愁洒满古村

梯云人家挂起红灯笼，点旺篁岭的日子
雪花追赶着雪花，雪花覆盖着雪花
它们追赶着——孕育中的篁岭之春

神溪湿地

镜子。凤凰的镜子
照着簇簇芦苇,凤凰在梳洗金色的羽毛
凤凰盘踞。从未飞翔
展翅的是小天鹅、夜鹰、苍鹭
它们不停地绕着一块孤石盘旋

孤石不孤。孤石在神德湖低头冥思
头顶律吕神祠,雄鸣六律,雌鸣六吕
只要内心寂静,就能听见天籁
音律在湖面盛开

举起蓬蓬莲花
托举起,远方的
悬空寺,向世人开示
"祖师西来意"

城墙、关隘、城堡,夕阳斜映
古时兵家必争之地,如今游人络绎
烽火台的狼烟,化作祥云
雁门关,杨家将的猎猎旌旗
长成林木葱葱

花果飘香。水母娘娘的马鞭，置入瓮中
轻轻一提，神溪风调雨顺
黎民四季耕作，粮谷满仓
月亮爬上村舍，用银笔勾绘
"神溪月夜"，勾绘
神溪湿地的梦境

云南石林

1

直插云霄。一柄柄利剑
石柱、石塔，裸露着坚硬的骨骼
无须枝叶荫翳的遮蔽
每一束高原的光，直抵尘世
潜流暗涌，汇聚成
溶丘、洼地、暗河
溶洞、石芽、溶蚀湖……

列阵的石林，仿佛千军万马
摇撼，猎猎旌旗
一颗悲悯之心
深藏胸中

2

三亿年的沧桑巨变
见证这里的起伏变迁
海洋变陆地，平地变高山

原本生成于海底的石灰巨岩
被火山熔岩的炽热烘烤
覆盖上一层厚厚的玄武岩
再被广阔的湖水淹没
在喜马拉雅造山运动中
抬升……再抬升……

一道道垂直裂隙，切割你的喉咙
无数次狂风暴雨，吞噬你的肌肤
千万物种，溶蚀你的毛孔
这是怎样的阵痛和折磨啊！
你终被分隔，孤耸兀立
被称为地质传奇
这分明是一场旷世持久的
炼狱！涅槃重生
你高原雄起！

3

一条条溶槽和尖峰的深吻
留下多少动人的爱情传说
一处处重力崩塌的沟痕
把一座座石峰修炼成佛
黑松岩，飞龙瀑，芝云洞……
或坐或立，或天鹅展翅、孔雀开屏

入口处的石林湖中
一尊出水观音，普度众生

天下哪有什么铁石心肠
溶洞深处密藏的钟乳
垂下千年的泪滴
玉鸟池畔，彝族少女阿诗玛复活了
像一只美丽的蝴蝶，翕动翅膀
梳妆，洗麻，山歌对唱
悠悠天籁，在石林的竖琴中
激荡回响……

凤凰古城

1

上天门山，绕99道弯，宛若银蛇
匍匐前行。攀999级天梯
入天门洞，别有洞天
一只紫色的蝴蝶，从泉瀑里飞出
翕动翅膀，在游人的头顶
萦绕盘旋

7455米，世上最长的索道，瞬间穿越
红尘仙境。再驱车200公里，抵达
凤凰古城，那只飞舞的蝴蝶
踪影不见

2

一条3000米长的石板老街
一条穿城而过静静流淌的沱江
古旧的青石板上，斑驳着
苗族、汉族、土家族……28个民族的

繁华市井

沱江的崖壁上，悬起一群空中楼阁
是海市蜃楼？世外桃源？吊脚楼的柱子
细脚伶仃，仿佛苗族姑娘立于水中央
一艘艘乌篷船，往来穿梭千百年
荡漾，缠绵

3

虹桥，又名风雨桥
——不经风雨，怎见彩虹
2014年夏天，它曾被暴雨洪水冲垮
如今轮回重生

万名塔，七级浮屠，六角铜铃风中飘荡
沱江跳岩，两排长方体石墩连成古道桥
进城的人兴高采烈；出城的人低头沉默
此岸和彼岸，映在流淌的沱江眼里
无数心愿，连接起一座灵验的许愿桥

4

古城里，院落祠堂林立
有钦差大臣的田家祠堂，有"湘西王"的朝阳宫

有将军府陈斗南宅院，有熊希龄、沈从文故居
御石坊朱砂和苗家银饰，令人流连
一旦穿戴在身，就仿佛凤凰人，走回了明清

东门外沙湾的万寿宫，北靠东岭，南瞰沱江
对面准提庵墙上，两个圆形大窗，罩住商贾的熙熙攘攘
江西人修葺小白塔，耀眼尖顶，刺向江心禅寺
凤凰人在准提庵后殿，塑了一尊"骷髅子菩萨"
手持"乾坤袋"，袋里收储了何方宝物？

5

这里曾是春秋战国时期的"五溪苗蛮之地"
明清称为"镇竿"，一支"竿军"骁勇善战
近代的湘西往事，凤凰传奇，荡气回肠
千百年的苦难，千百年的兵荒马乱
皆成历史。如今的凤凰城
辉煌的灯火，映照祥和的沱江

古城西南，一只火凤凰
正涅槃重生，展翅飞翔
那只成仙的蝴蝶，想必已化作多情湘女
下凡人间

琥珀岛

求斯。找寻天堂的原乡
乘皮划艇，沿毛里求斯东北部Rivière du Rempart水道
驶进"海洋之肺"，与大海一起呼吸
淘洗尘世之心，犹如红树林濯洗的海水，透彻空灵

一群群热带鱼，从幽深的海底溯光游弋
它们习惯于黑暗，习惯于大海深处岛礁林立、险象环生
但它们始终向往光明，向往柔软自由的沙滩
几只海龟时而探出头来，窥探

红树林的小径，曲折通幽，葳蕤葱绿
嫣红藏于树皮内的躯体，一旦裸露于凡尘
便将燃烧成火焰。怀中胎生的树宝宝，安详静谧
葡萄牙航海家马斯克林惊飞的蝙蝠，早已不知踪迹
七彩蝴蝶在荒芜神秘的丛林间，扇动着羽翼

莫纳山的尖顶托起天空的蔚蓝，映照
银白的沙滩和碧蓝的海水，山脚下
海浪悲鸣。再也无从倾听四百年前"渡渡，渡渡……"
天籁的鸟啼，渡渡鸟的骨骼化石安放在博物馆里
唤起人们对海洋天堂的记忆

琥珀岛——
一颗滑落大海的泪滴

那·书院

第一缕晨曦。那拉提睁开野茅草的睫毛
透入金色的阳光，翻开皑皑冰川雪山
绿油油的松林，翻开群峰、河谷草原
阅读——一部塞外江南

阿吾热勒山、那拉提山、安迪尔山簇拥着
哈萨克族姑娘，掬一捧巩乃斯河清冽的雪水
抖落，伊犁河谷汩汩流淌的历史
一行文字，一处牧场，一群走动的牛羊
一本书，就是一座天堂

草原石人，回望岁月的辉煌与忧伤
虔诚地献上一束束沙棘和雪莲
飞翔马队列阵，成吉思汗大军穿行
密叶杨树下，哈萨克族青年弹响冬不拉
拨动空中草原的心弦

"那回忆"，点燃蒲公英、野山菊、苜蓿花香
伊犁马、那·书院，张开白天鹅的翅膀
那人们，在这里流连徜徉
徜徉在那拉提的天堂，密林深处
把一朵白云，独自安放

夔龙纹

苍身而无角，一足，出入水则必风雨，其光如日月，其声如雷。

——《山海经》

有日月之光，有雷霆之声
进攻或防御，何须用角
趻踔而行，呼风唤雨
一足，足矣
何须蚿之万足①

夔皮鼓，声传五百里
八十面雷鼓齐鸣，威震三千八百里
黄帝降伏蚩尤②
舜以乐传教天下
夔击石拊石，百兽起舞
正六律，和五声，通八风

---

① 参考《庄子·秋水》"一足夔"和蚿（多足动物）的故事。
② 参考《山海经·大荒东经》及清代马骕编撰的《绎史》卷五引《黄帝内传》。

天下太平①

"巢许山林志，夔龙廊庙珍"②
不游浊水，不饮浊泉③
辅弼良臣，匡扶社稷
大口，卷唇，气吞山河，卷起千堆雪
卷尾驾祥云，电闪雷鸣，横扫千军
铸刻在鼎、簋、卣、瓿、彝、尊上
古拙、神秘而威严
每一道直线，刚正不阿
每一条弧线，勾勒出尘世的
荡气回肠，婉转曲折

夔龙纹样，五千年的华夏图腾
浮起于青铜礼器，尽显尊贵祥瑞
映照于神州大地，连绵蜿蜒成万里长城
跌宕中华民族澎湃的历史
龙的传人，如今正发夔龙神力
无惧鬼魅豺狼，踔厉奋发
高铁巨龙呼啸，C919、神舟飞船升空
镌刻出一幅，新时代的夔龙纹

----

① 参考《尚书·舜典》及《吕氏春秋·慎行论·察传》。
② 引自唐·杜甫《奉赠萧十二使君》。
③ 引自唐·杨筠松《龙经》。

越王勾践剑

1

1965年，一道"吉金"之光
照亮荆州望山
"天下第一剑"
再现了2400年前，旌旗招展
鼙鼓声声，气吞沙场

剑身布满菱形花纹
仿佛龙鳞，仿佛汹涌的波浪
闪耀着青铜时代的辉煌
犹如历史苍穹中熠熠的星光

镶嵌的蓝色琉璃，绿松石
像春秋战国的碧空和大地
浓缩在了一柄剑上

吹毛断刃的剑锋
滴着呼啸的血腥
谁握牢这柄青铜剑

谁就将称霸天下

2

松溪湛卢山，山幽泉冽
采赤堇之锡，出若耶之铜
"蛟龙捧炉，天帝装炭"
沸腾的炉火，汇聚天地的灵气

冶炼，浇铸，淬火
配以微毫不差的铜锡
至强中，熔入至韧
至刚中，藏有至柔
一代宗师欧冶子
十年磨一剑

3

湛卢，纯钩，胜邪，鱼肠，巨阙
或以仁道命名，或以尊贵无双
在卧薪尝胆的勾践手中
便是王者之剑

剑光所指，雷霆闪电
三千越甲如乌云压顶

所向披靡，血雨腥风中
倚剑的胜者，荣耀凯旋

4

为剑之道，不在于利
在于兵不血刃，刚柔相济

为士之道，不在于勇
在于鸿鹄之志，强大的内心

为王之道，不在于征战天下
在于人心所向，仁爱黎民

一柄越王青铜剑
一部华夏璀璨的春秋史篇

舌尖上的阆中古城

1

云雾缭绕阆中，嘉陵江环绕古城
炊烟袅袅。你无法分清
云雾与烟火，也无法分辨
人间，还是仙境

一座座楼阁和庙宇，在游云中浮出
一道道阆中佳肴，十里飘香
勾起，嘉陵江垂涎的舌尖
涌起朵朵浪花

2

傩戏的面具，黑不过桓侯的脸膛
品一口张飞牛肉，才能体会
表面墨黑，内心向蜀汉的红亮

走刀桥、下油锅，竟毫发无损
猜令、划拳、饮酒，如桃园结义的弟兄

切开的牛肉，瞬间醉了
舌尖上的红与黑

3

阆中锭子锅盔，可抵挡千军万马射来的箭矢
入口酥松香脆，清香回甜
重新焕发将士的神勇

头盔做炊具，置入手工揉搓的麦面
烘烤出锅盔，向锅盔的凹槽中倒入汤菜
锅盔就成了碗，将锅盔咀嚼入胃
把碗吃掉，把盔吃掉，勇士们轻装上阵
战场上大吼一声，像怒吼长坂坡
荡起嘉陵江水，滚滚波涛

4

观音寺的圣水，莹洁甘冽
从唐代古"松华井"汩汩千年
配上砂仁、麦芽、山楂、独活、肉桂、当归……
醋窖中木桶列阵，云蒸霞蔚，千年古法酿成
川菜的精灵，传世留香

"离开保宁醋，川菜无客顾"

你终于参透沸而无沉，终于悟出
四川状元、举人之乡的秘密

5

华胥之渊。渝水绕城郭，亭台楼阁间
赏一场千年演绎的巴人舞、川北灯戏
听一段抑扬顿挫的茶馆评书
吃一碗酸菜豆花面、川北凉粉
就着张飞牛肉，喝上一杯保宁压酒

舌尖上跳动的古城，尘世流连的
人间烟火，烟火人间的
阆苑仙境

着裙立发铜立人像

岷江之水充盈，万物滋生
古蜀文明如岷江之水源远流长
层层迷雾缭绕，遮不住文明的华光
成都天府，是仙界，更是尘世繁华之都

三星堆祭祀坑，尘封已久
鸟形金饰片、象牙、青铜面具、青铜神树
龟背形网格状器、铜巨型神兽……
纷纷于新时代返回人间，重见光明
8号祭祀坑，着裙立发铜立人像
梳着现代流行的大背头，挺直了腰身

沉睡三千多年，恍如一梦
睁开"突目眼"，双臂于胸前发力
试图握住流逝的光阴
却依然两手空空，右臂
被历史的洪流反复冲刷震断
背上的罍，不知所终
罍中的酒，早已被众神
一饮而尽。从此"断片"三千载
古蜀大地，归于安寂

历史犹如一场神秘的戏剧
时装短裙，刻着优雅的勾云纹路
潇洒的坎肩，展现细腰孝背与健美
立发高耸如流云，堪比国际造型师设计
你定会以为这古老祭祀的神坛
曾经上演过一场时装秀

没有一丝哗众取宠
遍布铜与铅锡熔炼的合金
用信仰配模，虔诚注塑
把青铜浇铸成精致的器皿和图腾
铸成千年不朽的金身，铸成——
天府众神

天狼星

1

仰望星空，唯有一颗星
孤绝、凄艳、浸透遥远的寒冷
"天狼正芒角，虎落定相攻" ①
奔跑了8.6光年那束最耀眼的光芒
苍白幽蓝，芒刺闪动
仿佛浩瀚宇宙深邃的目光
没有流星雨浪漫，没有牛郎织女的
鹊桥相会，如同一把利剑
直戳内心

2

从不飘忽。始终恒定
在冬季南方的夜空
与猎户座参宿四、小犬座南河三
一同闪烁，连接成亮晶晶的等边三角形

---

① 引自唐·刘禹锡《捣衣曲》。

犹如寒夜里凛冽北风
打造一把冰凌宝剑

春天的夜幕，笼罩
苏醒的广袤原野
天空缀满繁星，如同大地
花蕊绽放，亮晶晶的猎人腰带
直指左下方大犬座的 α 星
玉犬口中，含着那颗
宇宙中最亮的夜明珠
面对弧矢箭镞，毫无惧色，任凭
"会挽雕弓如满月，西北望，射天狼"[①]

3

古希腊的夏季，天狼星和太阳
一同升起，随之而来的滚滚热浪
"燃烧"大地，"恒星撞击"

在古埃及，天狼星就是女神索普德特
每年7月19日准时升起，保佑尼罗河
积淤肥沃的土地

[①] 引自宋·苏轼《江城子·密州出猎》。

4

茫茫暗夜中，那些踽踽独行的人
自带光明，宛若熠熠生辉的
天狼星

晶莹剔透的白矮伴星
是深夜，天狼星滚落的
一颗泪滴

手指红提

1

一束直射的光，穿过晶莹冰洁的红提
隐约可见，丝丝走动的经脉
打通玛瑙透明的纹理

隐藏，光学与光合的奥秘
双手捧起一串红提
捧起一颗鲜红搏动的心

用手指轻提，分明提着
点燃的灯盏，照亮
长夜漫漫的人间

2

一粒粒提子，在风雨中磨砺
在阳光下结实，在静夜里
与满天星子窃窃私语

天地之气，汇聚于体内
转化成维生素、氨基酸、有机酸
白藜芦醇、单宁、花青素……

炼成天界仙丹，修成人间正果
一股股酸甜，令人忘却一切
愁绪烦恼和疾苦

3

厚实、修长，一根根通透的手指
抚摸尘世。凡是它抚摸过的地方
都会泛起光芒

每一束光，都是一服济世良药
驱除众生的郁结和苦痛
滋润升腾明天的希望

果园里的农人，小心翼翼
摘下一串串饱满的果实
递给那些需要疗伤的人

活成榅桲的样子

榅：
温润，小乔木的细枝如流水
梳理，天空中一缕一缕
金色的阳光，舞动的风

桲：
落叶灌木，并非参天大树
却繁茂成林，无须仰望明月
四海为家，不再囿于举颈的乡愁

原本高加索词条和中亚细亚的子孙
如今行走江湖，全球遍布
还有更通俗的名字——
金苹果，或者木梨

柔软的绒毛和果皮，娇柔、脆弱
而木质的果肉盛满慈悲
坚强的内心抵御严寒酷暑
隐忍盐碱的煎熬和干旱的寂寞

笑看世间，百态炎凉

傲对阴雨，冷箭暗袭

簇簇心形绿叶缀满枝头，爱和勃勃生机
白中带粉的花朵，一瓣一瓣虔诚的佛语
榅桲打开心扉。春日短暂的盛开
期待秋日金黄丰硕的结局

果实芳香浓郁。它深知醉酒的人
必有憋在心里的话，必有不愿说出的痛
只消闻一闻，尝一尝
顿解尘世的浊气，唤醒麻醉的灵魂

把一颗金苹果送给新郎和新娘吧
定会带来幸运、甜蜜和欢愉
世代繁衍，生生不息。在窗前
栽上一排木梨，长成一道绿篱

让我们——
都活成榅桲的样子

月晷

1

紫禁城慈宁宫的月台上
东侧是汉白玉的日晷
西侧是青铜铸造的月晷
一边照向日出日落
一边映着月圆月缺
仿佛皇帝和太后

阴阳合璧，才算完美
那只青铜龟鹤，拥千年之退寿
镏金香炉，点旺祈愿的香火
而世间万物兴衰荣枯的秘密
却隐藏在
日晷和月晷的影子里

2

夜幕降临，月亮升起
时光的步履永不停歇

月晷的晷面平行于天赤道，与地面
形成地处纬度的交角
天盘刻上一天的十二个时辰
地盘刻上初一到三十的农历日期

地盘岿然不动，犹如辽阔的大地
天盘旋转，对准日期，补偿月亮
每天四十八分钟的姗姗来迟
月引如臂，指向月的方向
跟随月儿摆动，对应着天盘上的
时间

3

月有蛾眉、残月，有上弦、下弦
有朔望。纵使游云婆娑，月影朦胧
纵使夜黑风高
"月引流光"①
"身在尘世静坐，心如明月当空"②

_____

① 济公，又称"月引流光"。
② 引自《镌峰语录》，又名《济颠道济语录》。

4

“千江有水千江月”①
“月是故乡明”②，望月之夜
月光如水，在月晷表盘流淌
波纹荡漾，仿佛母亲的银丝白发
风中飘荡

而朔月的夜晚，伸手不见五指
侧耳聆听月晷心跳的声音
嘀嗒嘀嗒……心的月引
终生指向故乡

① 引自宋·雷庵正受《嘉泰普灯录·卷十八》。
② 引自唐·杜甫《月夜忆舍弟》。

祥云，每天都在头顶召唤

"口吐祥云化玉霓，神光耀紫微"①
一团祥云，就是一尊佛
紫气东来，光芒万丈
普照，混沌迷离的尘世

它用神圣的洁白和幻化的
云纹，唤醒
内心深处悄然升腾的希望
神谕，抵达每一位
匍匐赶路的人

祥云滴落成雨，滋润万物
一次次洗涤污浊和浮尘
那是琼浆玉液，决定着大千世界
生长的秘密

中华三千年的图腾
雕入祠堂、庙宇、器物，绣上服饰
祥云，下凡人间

---

① 引自金·侯善渊《长思仙》。

众生心存敬畏，心向美好
注定会风调雨顺

"杳霭祥云起，飘飏翠岭新"①
雨水汇聚成溪，山涧流淌
抚摸山峦一根一根的肋骨，浮出
松鹤图。唧啾鸟鸣，敲响空谷梵音

汇成江河，汇成湖泊
荡起粼粼波纹
汇成包容天空和大地的海洋
潮汐汹涌，掀起层层浪花
那是朵朵祥云的倒影

祥云飘落到辽阔的草原，草原上
风吹草低见牛羊
祥云飘落到广袤的大地，大地上
庄稼葳蕤，团团棉花如云绽放

祥云在蓝天亘古飘荡
仿佛放飞的白鸽，祈福吉祥
昭示和平
每天都在头顶召唤
渊源共生，和谐共融

---

① 引自唐·李绅《山出云》。

河豚

1

从栖息的近海底层
逆流而上，游离海洋的澄澈
游向江河，游向
难以预料的混沌之所

不堪忍受海浪的冲击、海水的咸涩？
探索比大海更为玄奥的人间？
江湖水更深啊
看似平静的淡水内陆
积蓄汨汨潮涌的泪水，比海水
更加咸涩

2

堪称世间美味的尤物
鲜美的肉质，足以魅惑众生
自恃携带着比氰化钾
高出一百倍的剧毒，可以瞬间紊乱

贪食者的神经

以毒攻毒，惩罚那些罪有应得者
鼓起浑身滚圆的刺
像一枚枚箭镞，像水中的刺猬
但还是低估了人间险恶，低估了
铤而走险的人

3

向前隆起的面额
多么可爱，像一张娃娃的脸
眨动的眼睛，多么清澈
面对这烟火迷离的尘世
视力，已形同虚设

除了毒器，自带了一套
高科技也不能比的定位系统
用圆形的额部，发出微小的声波
传播和接收——这个世界的回声
由此，从未迷失自己

4

躲过一次次自然界的生死劫

却无法躲避
宁愿向死而生的人
把贪欲置于砧板上的人
也把自己，置于
赌徒的生死路上

5

寂静的河底，摩擦着每一块
脊椎的骨骼，犹如琴弦
与鱼漂共振，奏响低沉的音乐
仿佛在倾诉
哀怨苦楚的一生
仿佛在叩问
是否该返回大海，成为一只
勇于搏击惊涛骇浪的巨鲸？

松香脂

挺拔的松树，为什么时常
流下汩汩泪滴？
是苦楚？委屈？抑或悲悯
苦难的芸芸众生？

一只飞累的蜜蜂驻足
松脂滴落，泪水包裹
历经千万年石化
成为琥珀，晶莹瑰丽

"竹色寒清簟，松香染翠帱"①
世间的美好，能否也在松下
稍做停留，迎接剔透泪珠的封存
曾经的一瞬，定格为永恒

松树的泪，为什么会香气四溢？
滴到提琴、马头琴、二胡的弓毛上
琴弦与泪水，擦亮草原、明月和星空
激荡着二泉映月的凄凉

_____

① 引自唐·许浑《宿开元寺楼》。

内心剧痛，却流出性温的松香脂
安抚人间躁动的五脏
这需要怎样的修行和胸襟？
"世界以痛吻我，要我报之以歌"

古典之光

命运在敲门。①

——贝多芬

天空乌云密布，敲响四声惊雷
闪电，拖曳着狂风骤雨
一只雄鹰掠过树梢和山脊，任凭
山洪滚滚万马奔腾，向上，向上
挑战命运的雷电，直冲九霄

刺破压顶的乌云，一道道古典之光
倾泻大地
万物葳蕤。山谷里
回旋着布谷鸟的啼鸣

英雄的交响，撼天动地
"被砍碎的巨人，像洪水前的巨大蜥蜴
重新长出翅膀"②
普罗米修斯被战斗的号角唤醒

---

① 引自贝多芬c小调第五交响曲《命运》。
② 引自罗曼·罗兰对贝多芬《英雄交响曲》第一乐章的描绘。

从死亡的深渊再次昂首屹立

夜色静谧，《月光》①潺潺，流淌
古典的忧伤
撞击崖壁，绽放理性之花
一簇簇汇聚，如同飞流直下的瀑布
泻出一潭清泉，回归静寂

_____

① 贝多芬升c小调第十四钢琴奏鸣曲又名《月光曲》。

踩高跷

1

北方广袤寂寥的冬季
锣鼓、唢呐响起
一队浓妆艳抹的舞者，形态各异
仿佛神仙，从天而降
行走人间，双脚与地面
保持一段木棍的距离

人们潮水般涌来
寒风驻足，雪花伴舞
热闹的锣鼓一浪高过一浪，唤醒
冰封的大地

2

起鼓咚咚，各路神仙显神通
头跷，一袭黑衣，飒爽英姿
二跷，跃马扬鞭，英俊威武
老生，稳若泰山，仙风道骨

渔、樵、耕、读，舞动着勤劳和幸福
唐僧师徒再现取经的艰辛
八仙化解人间疾苦
媒婆耍起长烟袋，挑逗出串串
忍俊不禁的笑语

3

扭、浪、逗、相，环环绝技
一个筋斗，翻去一年的烦恼
一个倒立，倒掉过往的忧愁
一个挑逗，一笑泯恩仇

踩着高跷行走
就没有跨不过的坎和沟
"架象"，气势如虹
"排山"，翻江倒海
"孔雀开屏"迎盛世
连年五谷丰登

东北炖菜

1

点燃的柴火，红彤彤闪烁
仿佛滚烫跳动的心
仿佛东北大汉被风吹过的脸庞
伸出的火舌舔着锅底
映红了，一家人的日子

一口铁锅，背负天涯
支起来，就是家

2

猪肉炖粉条，排骨炖豆角
牛肉炖土豆，小鸡炖蘑菇……

多么般配的组合
北风呼啸，像风箱把灶火吹旺
炖出的肉菜沁脾的香
吸引了天穹飘落的雪花

3

一个锅里搅马勺
咕嘟咕嘟地把酸甜苦辣诉说
你中有我，我中有你
消弭了界限，溶解了
乡土邻里的隔阂

家人，亲朋，好友
团团围坐。一双双筷子有节奏地舞动
大口吃肉，大碗喝酒，大声吆喝
一锅"大丰收"，暖暖的亲情、乡情
驱走严寒，抵御风雪

4

大东北的炖菜
从当年游牧民族马背上的漂泊
走入千家万户的餐桌，走进
舌尖上的中国

一锅锅热气腾腾的家常菜
炖煮出香喷喷的岁月
年复一年，缭绕着挥不去的记忆
和浓浓的人间烟火

猕猴

1

短尾，群居，有颊囊的灵长目
这世间的小精灵
与人类如此相似相近
"竞选"猴王时
会把尾巴高高翘起
一场无情的厮杀比拼
胜者，唯我独尊
败者，只能一瘸一拐地
走向血色的黄昏
从此孤独与回忆，相伴终生
颊囊里，不再是受用不完的贡品
而是眺望落日时
滚落的泪滴

2

北纬40度40分，雾灵山
被称为猕猴的北限，一群群猕猴

一度活跃在丛林和山谷
它们抵住了飞雪寒冬
却抵御不住人类的滥肆猎捕
青松岭又发现了猕猴的行踪
想必是远走他乡的猕猴
通了人的灵性，思念故土
归来寻找那片
遗失的乡愁和云雾

3

美猴王齐天大圣
放弃了花果山的养尊处优
历尽艰难险阻，护送唐僧
西天取经，只为
修成正果，普度众生
尘世浑浊，妖魔时常现身
需要火眼金睛、金棒降魔
六耳猕猴，像另一个孙行者，真假难辨
哪一个是善，哪一个是恶？
阿弥陀佛

暴风雨中的马①

雷声轰鸣，一束束闪电
犹如一把把利剑，劈开暗黑的天空
乌云翻滚，压顶而来
仿佛滔天骇浪
一株枯树，在狂风中
呜咽，抖动

几匹马在树下呻吟
好像惊弓之鸟，瞳孔中布满惊恐
盘旋的落叶也吓出惊魂
一匹在屈膝，一匹垂下了脖颈

而远方，一匹咆哮的战马
发出咴咴长鸣，划出天际线
一道壮美的风景
四蹄腾空，卷起雨花
溅起血性的泥泞
马尾和鬃毛钢针一样挺立

---

① 为英国艺术家索里·吉尔平（1733—1807）油画作品
《暴风雨中的马》而作。

像点燃的火炬，照亮苍穹

这是一匹饱经风霜的战马
隐忍，坚定，无所畏惧
无论多么猛烈的风雨
还是万丈沟壑
都无法阻挡，义无反顾
奔向雷电闪曳的远方
奔向暴风雨后的彩虹

当归，当归

1

簇簇根须，深植大地
吸入亿万年岩浆涌动的炙火
绽放白色细碎的花朵
迎风摇曳，宛若
满天星河

取根煎药，泡酒，煲汤
一缕缕天地灵气
舒通经络，滋补血液
唤醒，每一个沉睡的细胞
重振强健的体魄

2

踽踽异乡的人，踽踽而行
双腿拖着疲惫的身躯
一次次拷问大地
能否煎一碗当归，寻回
奔波飘忽的灵魂？

"胡麻好种无人种
正是归时不见归"
静夜倚窗，举一杯迷茫，遥望星空
苍穹无语，只有儿时常望的北斗
指引着当归的方向

3

三国时，姜维老母寄出信笺
几片当归，托着盼儿的深情
大将军回信"但有远志，不在当归"

多少当归不能归
谁能开出一剂良药
既煎远志，又辅当归
疏解人世的困顿和煎熬？

4

味甘而重，气轻而辛
当归调气养血，各有所归

当归，当归
人间正气，千古永垂

盾牌

一列列盾牌，是战场上
矗立的铜墙铁壁，遮挡
漫天箭镞和长矛的袭击

乌龟和蜗牛缩进壳体
是用天然的坚硬盾牌
防御劲敌

辽阔的天穹，是地球的盾牌
宇宙射来的利箭，被大气层遮护
化作流星雨

仰问苍天，叩首大地
我该用什么样的盾牌，才能抵挡
迷离尘世防不胜防的箭矢

弓箭

源自石器时代狩猎的灵感
还没来得及跑掉躲藏的麋鹿
中箭倒下，顺着箭镞流尽最后一滴血
只要被射中要害，多么凶猛的野兽
再也无法与人类搏斗

战场上万箭齐发，宛若一簇簇流星
没有哪种冷兵器，可与之匹敌
从箭雨中杀出一条血路的
必是举世的英雄
血雨腥风的战争，又有谁是赢家

开弓没有回头箭，弓弦弹响
一支支箭矢划破天空
后羿射落九颗多余的烈日
每个人心中都有一支
丘比特之箭

我背负弓箭，行走江湖
不做射雕英雄
也要苦练百步穿杨的功夫

随时张弓搭箭，射向黑暗处的
豺狼猛兽

蛤蜊油

一只贝壳，就是一片海
起伏的波浪涌起朝霞
刻成蛤蜊背上，七彩的版画

一粒粒细沙，打磨出你的光滑
吐纳的海水，在阳光下
晒出亮闪闪的盐

是谁从沙滩上把你拾起
肉身分离，用你坚硬的躯体
作为容器，盛放世间无尽的柔软

置入提取的矿物油和植物油
你重获新生，再现芳华
把一片蔚蓝之海呈现

你抵御着风雪严寒的肆虐
滋润温暖了一双双劳作的手掌
抚平了那个年代的疤痕

从兜里掏出一盒蛤蜊油

就像掏出一粒火种
点亮了广袤原野上
春天的犁铧

金门大桥

1

太平洋上漂泊的叶子，寻找着它们的根
一只只游累的小蝌蚪，历经
无数狂风骇浪的洗礼，顺着西海岸
游进圣弗朗西斯科湾，游进宁静的
加利福尼亚的子宫

你像宙斯一样，在金门海峡昂首矗立
伸展健硕无比的双臂，召唤着来往的船帆
召唤着每一个满怀憧憬的生命
你橘红色的额头和臂膀，仿佛海峡上空
永远定格的彩虹

2

一群群淘金的人，蜂拥着
他们乘坐一艘艘摆渡船
像一浪高过一浪的波涛，在海峡两岸
穿梭。祈盼一条悬索巨龙

横空出世

1848到1937，经过近百年的孕育打磨
巨岩生出你钢铁的身躯，海面耸起
直冲云霄的两座桥塔，裸露出天空的肋骨
钢索涌动，宛如一条条鲜红的动脉
连接着海天，连接起海湾的豁口

3

车辆驶过，仿佛穿越神秘的星际之门
车轮与桥面的钢板摩擦共振，发出
阵阵快乐的轰鸣
桥上阔步行走的人
都把腰板，挺了又挺

两侧粗壮的钢索，把世间的回声
传入天庭。垂下的一排排吊索
是悬挂在天空的竖琴
海风弹奏，浪花起舞，尘世的喧嚣
在海面和塔顶消隐，入定

4

点点闪亮的白帆向你叩首，徐徐而行

海鸥围绕你身旁，忽而飞翔，忽而收起翅膀
栖于你血色而坚硬的肩头
群山匍匐，树木葱茏，云雾缭绕
与你日夜相守——万物虔诚

不远处，约瑟夫·施特鲁斯手握设计图
那智慧的双眸，望向太平洋浩瀚的远方
"这恢宏的工程已完成"，海湾从此完整
旧金山、伯克利、硅谷，灯火通明
金门大桥缀满海上升起的星星

5

单根主缆直径92.7厘米，重2.45万吨
每根主缆包裹着27572根钢丝
桥塔、悬索、吊索和锚碇，浑然天成
无数穿行的车辆，无数蚂蚁一样爬行的人
你默默渡着他们，这些或轻或重的灵魂

你锈迹斑驳的脸上，刻满岁月的留痕
承载着世事变迁和经久不息的涛声
穿上新衣，你焕然一新，流云绯红
"不分高矮胖瘦和肤色，你一律用自己的身体
托起每一位赶来的人——抵达彼岸"

雪菊金英两断肠

1

双手掬起一枝菊花
我来到游子雪松①墓前
花蕊在秋风中抖动，每颤动一下
都是一句对话

"雪菊金英两断肠"
我拿着一枝白色菊花
风吹起花瓣，吹起一片片乡愁
从雪松上簌簌飘落

2

淮河岸边，我漫步独行
河水清冽，衣袂飘飘，我竖起衣领
仿佛是一枝走动的菊花

---

① 游子雪松，本名陈学松，安徽寿县诗人，不幸病逝于
2020年，著有诗集《我的乡愁依山傍水》。

走上八公山，不为求仙炼丹
"涧松寒转直"，我只想努力把腰杆
挺成松的样子

珍珠泉听见了尘世的呼唤，浮起
一串串珍珠，把人心化成
一块块八公山的豆腐

3

千古菊香飘荡寿县古城
没有满城黄金甲
却闻草木皆兵，战鼓声声

宾阳门下，战车碾过的石板路
像一面硕大明澈的古镜
把我映照成旌旗下威猛的战将
斑驳的城墙，盛开亘古的菊花

4

"不是花中偏爱菊，此花开尽更无花"
采菊者，"悠然见南山"
隐逸者，"还来就菊花"

邀霜月，共饮风雨雪
借菊酒，解乡愁！

玉器

1

一件玉石项坠，一只翡翠手镯……
只要佩戴一枚冰润的玉器
喧嚣的世界立刻安静
心像镜泊湖水一样清澈

书桌或书柜，放上玉石摆件
比如盛开的花朵，壮丽的山河
比如一尊玉佛……
只要有玉稳坐
满室溢满喜气祥和

用手指或眼睛
轻抚凝脂，便会发现
尘世闪耀的光泽

2

自古君子爱玉有五德

"仁、义、智、勇、洁"
表里如一，光泽柔和
轻轻敲击的天籁，舒畅清扬
宁可玉碎，不为瓦全
断口处，方显崇高的品格

世间的浮躁和烦闷
需要玉的润泽、愉悦
纯净的玉
如同涧中清泉，涤荡着
尘世间的阴霾污浊

3

白玉、黄玉、紫玉、墨玉
碧玉、青玉、红玉……
软玉、硬玉；籽料、山料
每一种色彩，每一块玉石
深藏大自然的玄机奥妙

玉不琢不成器
有礼器、祭器、仪仗
有器皿、摆件、配饰
琢成玉玺，则可号令天下
琢成神佛，则可普度众生

4

千万年的火山喷发、地壳变迁
千万年的深山修炼
千万条雨水、河水的冲刷洗濯
汇日月之灵，聚山河之光
坚硬的石头，才能孕育出
神采的美玉

人类千万年演化
还需多少世纪的锤炼
历经多少世代的血泪
才能磨砺出
风尚如玉的世界？

第四辑　和光同尘

养水仙记

用刀锋割去焦黄的外皮，露出
球茎洁白的心脏和孕育的花香
露出了，夜静时我反复祷念的心事

立于浅浅的一汪清水之上，拒绝泥土
沐浴冬日的暖阳，努力生长
和我的生活多么相像

春节来临，绿叶撑开朵朵小花伞
争先恐后地迎接着什么
如同新年钟声响起，我托起双掌

几天过后，蒜头枯瘪，水仙花凋落
"活在尘世，有谁能远离尘土?"
"但它曾经短暂地绚丽过"

此刻，循着早春萌动的旋律
我正深一脚浅一脚地踩入
雪融泥泞的大地

蝴蝶兰

扶着一根铁丝
顽强地把腰杆挺直
却把头低下，只为向世人展示
春天的笑脸

细长的花茎上，落满
彩色的蝴蝶，落满点燃的火焰
连起的翅膀，织成一张
春天的网

它们只是静静地落在那儿
翅膀没有翕张，却已
春风满堂

雪，落成世间的棋局

一场飞雪飘落都市
撒向车水马龙的街道
瞬间融化。有一些雪花
躲进人行道整齐的方砖缝隙
摆出世间一盘棋局
一个个行人走动
就是一枚枚移动的棋子
举足、落子，落子生根
人生哪里有悔棋

前方，一位环卫工人
在埋头打扫残局

乘上高铁，赶赴春天的约定

1

飞奔！天际闪过一道弧线
飞奔！山冈和平原射出一支利箭
一座又一座城市退隐
一座又一座城市瞬息抵达

飞奔！乘上高铁，赶赴春天的约定
飞奔！车厢里满载乡愁
夕阳未落，我返乡与老父对饮

2

屋顶，山坡，广袤的沙漠
一块块光伏板，和阳光拉起家乡话
光子和晶硅，是上苍馈赠人间的礼物
转换电和热，照亮千家万户

高耸的风力发电塔
像儿时玩耍的风车

迎风转动，转动着我
童年的梦

3

飞奔！京张线、张呼线、张大线……
铁轨犹如雪橇和冰刃，拉向天穹
北京，汇聚四面八方的冰雪健儿

绵延起伏的雪道，是谁飘落山岭的围巾？
冰雪健儿的身影，绽放2022冬奥会
"更快、更高、更强——更团结"的雪莲

4

绵延千里的铁轨，是铺平的天梯
夜里，我隔着车窗攀登星空
"祝融"探火，"天和"遨游星辰
女航天员英姿飒爽，行走太空
宛如一颗闪亮的星星

5

飞奔！穿越古老的丝绸之路
吐鲁番铁轨上的巨龙，衔起朝阳

衔起吐鲁番金光闪闪的葡萄

阿克苏的天空辽阔湛蓝
新疆姑娘开着收割机采棉，生成朵朵祥云
在头顶飘荡，向世人祈福

6

飞奔！划开神州大地春天的豁口
带上五十六个大家族的嘱托
带上脱贫父老乡亲的耕耘
带上大山深处孩子们的书声和憧憬

穿越奔腾的黄河，跨过滚滚的长江
一望无际的稻田和油菜花，遍野闪耀大地的黄金
农人在烟雨中播种"禾下乘凉梦"
中国人的饭碗，牢牢端在自己手中！

7

飞奔！粤港澳大湾区，紫荆花开
海峡两岸，骨肉同胞热切期盼
"复兴号"列车跨江过海接你们归来

归来吧！母亲在隔海呼唤

十四亿亲人乘上"中国梦"的高铁
一同去拥抱——新时代的春天!

在宿迁

1

在宿迁，我穿越了
只住了两宿
就穿越了两千多年

在项王故里
我手持竹简，欣赏歌舞古乐
和一众文豪诗人
在厅堂正坐
俨然项王的门客

在英风阁前，我摸了摸
八吨重的霸王鼎
定是触摸到了项王的手印
我也有了力拔山兮的
盖世豪情

不知为什么，墙上的虞姬像
我没敢多看，看久了

定会流泪
倒是项羽亲手种下的
那棵古槐树
我对视了好一会儿

直到看懂，那树干早已枯死
是根部重生的一株
我才情不自禁
紧紧抱住，就像是抱着
失散多年的兄弟

2

喧天。锣鼓，铙钹
这声音熟悉又遥远
把我从楚汉喊醒
在龙河镇，在董王村
这鼓声，敲打了五百年

两根木棍，撑起一代又一代
董王村人的江山
我也是董家后人
祖父是民国时期东北高跷传人
没承想，在宿迁，认祖归宗

我脚踩鼓点，浑身血脉
偾张涌动
串花缝、扑蝴蝶，一路
扑到王官集，那里
才是花海和蝴蝶的世界

3

一望无边。蝴蝶兰的种子
在这里孕育萌发
一望无边的蝴蝶，在王官集飞舞
此时，我也像一株蝴蝶兰
飞回了故乡

身边的每一位诗人，都散发着花香
每一张脸庞，都映出白天鹅的光芒
飞到唐圩，品尝
三产融合产业园的酥梨棒棒糖
飞到朱海，在碧波荡漾的水面盘旋
飞到岸边垂钓，去钓上
一百万的幸运，一百斤的幸福

再乘上"朱海号"专列，开往
苏风徽韵的农家院落，驶向新农村
水绿交融

4

头顶40℃的酷暑骄阳
赶赴一场，平野里的聚会
每一米阳光，就是一首诗行
每一滴汗水，就是一瓣
绽开的花蕊
每一座蔬菜大棚，都是一艘
远航的船，扬起的帆

联伍社区、古路村……
乡情馆、村史馆、图书馆
一位位乡贤，是乡村人
夜行的灯盏
也是背井离乡的人
仰望的月亮

在古路村，我认识了
省派驻村第一书记徐慧
他浑身有项羽般的力量
手上有香，身上发光
就像一座灯塔
照亮了村里，五百米的海棠路

5

在宿迁，我穿越了
两宿就是两千年历史的回望
两千年灵魂的洗濯

若再待下去，我会接着
从海棠飘香的美丽乡村穿越
向中国梦的大道康庄
进发

虔城，虔诚

1

有一群候鸟，历经多少世纪的苦难
从中原长途跋涉，迁徙
一路向南，永无归途

一粒粒种子，在这片堪舆宝地生根
长成客家人葳蕤的大树
一座座围屋，固若金汤
挡住风雨，聚起族系

糯米鸡、生煎鸭、米粉鱼……
袅袅的市井烟火，升腾起
两千年兴旺不衰的虔城

2

章水和贡水，紧紧相拥
击打着宋代城墙的铭文砖瓦
发出深沉而经久的回声

城头烽火，映照百只木舟手牵着手
摇荡九百年的古浮桥，参透阳明心学
摆渡每一位不屈不挠的赣州人

3

八镜台的莲荷，开了又谢
反复唱诵周敦颐的《爱莲说》
郁孤台下的清江水，多少年都在奔涌
辛弃疾壮志未酬的泪滴

三杯鸡，唤美酒
"零丁洋里叹零丁"
通天岩，屹立起
文天祥忠贞不屈的铮铮铁骨

4

历史在黑暗中蜿蜒前行
浩荡的迁移，不灭的星火
指引革命摇篮里走出先驱

出发、开拔，从瑞金、从于都
开启举世震惊的二万五千里长征
踏着殷殷浸血的红土地，西行、北进

5

新世纪，南门小岛氤氲美好的记忆
红旗大道，掀开赣州城的葱茏
铺展赣州人奋进的宏图

文清路店铺林立，熙熙攘攘
当年的石板路，溅起一串串
迷蒙的烟雨

6

大山深处富藏钨和稀土
承载着钨都人新时代的梦
钨丝、钨合金，光芒闪耀，照亮人间

捧起黄金般珍贵的稀土，冶炼、萃取
变成新时代的神物：永磁、超导、磁悬浮……
稀土王国不再是海市蜃楼

7

古为虔城，今作赣州
走笔有文，走路虔诚

咸阳行

从北京，从祖国首都出发
一路向西，抵达
两千年前天下第一帝都
我朝圣般虔诚，叩响
八百里秦川，仰望
这块古老神奇的土地

我想找寻秦汉的金戈铁马
我想谛听沙场上的
猎猎旌旗，隆隆战鼓
却只见高铁列车风驰电掣
穿越了千年时空

袁家村，汉中平原上的明珠
农家乐、别具特色的关中民俗
两寺渡，不见渡口和两寺的踪影
湖畔书屋的馨香，正渡着
每一位阅读者，书海徜徉

李小超乡村雕塑馆
一尊尊淳朴的关中老汉

就像寺庙里的佛龛
静静的渭河，流淌千年
依然濯濯清亮

五陵塬，地下深藏汉唐的辉煌
陵墓的堆堆黄土，闪烁着亘古的光芒
茂陵出土的石刻
讲述着霍去病驰骋疆场的威武
昭陵矗立的一座座石碑
展现着灿烂的盛世大唐

用驼马走出的丝绸之路
像黄沙镏金的飘带，迎风飞舞
千年呼唤，千年祈盼
终于迎来，命运共同体
迎来新时代的"一带一路"
谱写中国式现代化的华章

张家界游记

1

大峡谷，谷底飞溅水声
谷中飞鸟惊鸣
上空掠过一只雄鹰

人们像蚂蚁，顺着山涧
低处爬行

2

天门山，九十九道弯
道道是挑战，弯弯是人生
攀九百九十九级上天梯
步步虔诚

天门洞，左侧有飞泉
飞出一只只蝴蝶，翕动翅膀
据说天门会转
却不知转动的方向

3

玻璃栈道，凶险、透明
一侧峭壁，一侧万丈深渊
只有坚定前行

路遇身背竹篓运送鞋套的人
踽踽而行，他们脚下生辉
栈道生光明

4

7455米，世界最长的索道
连接天门和市井
天门虽好，不可久留
只消两刻钟，便重返
烟火红尘

5

张家界，山水有界
无界山水经

雾灵山下

三轮车，陀螺似的
一圈圈碾轧，仿若转经筒
谷粒从穗壳中
痛苦地分离

簸箕，成了妇人手中的法器
雾灵山风，吹走浮尘
沉甸甸的果实越隆越高
仿佛耸起一座
雾灵金山

此刻，我化作一朵白云
在山间飘荡
灵魂，附着金黄的米粒
在山谷里，静静安放

游龙庆峡

中秋，携一缕秋风
畅游龙庆峡
宛如游龙，荡起
粼粼千年水花

笔直的峭壁耸立
穿透流云，根部
深扎一潭清泉
仿佛史书上的诸君子
齐刷刷，在这里站起

梦幻亭，最高只能到此
两侧山峰更为险峻
也只能隔着万丈沟壑
倚亭梦幻

月亮湾码头，将我们渡回彼岸
而今夜，水中托起的
必是一轮圆月
金刚寺传来几声钟鸣
划破月亮湾，也将划破

水中月。月亮湾的月亮，注定了
千年的阴晴圆缺

坝上天路

在坝上，在百里天路
徜徉。以云为马
青青草原，在脚下荡漾
山坡上，一群吃草的羊儿
咩咩几声，喊落几朵白云
羊儿不去走天路
它们的蹄子，要踏遍每一棵青草
它们要用嘴唇，吻遍
每一棵草上的露珠

崎岖的天路，早已探明游人的心思
它在草原上，替我们画上
一个又一个问号
每一处陡坡，就是一个升降的曲线
任凭我们回转起伏
它们始终躬身，沉默不语
远处山梁上，高耸入云的风力发电塔
迎风转动，就像草原的巨手
摇动着转经筒

面对一个岔路的标牌

我陡然想起了什么
毫不犹豫，转向天路的出口
我知道，那是一扇
入世的门

白马，梦马

在白马酒店，我梦游似的
步入梦马酒店的餐厅
莫非，这是一道神谕？

马镇上，我没看见一匹行走的马
到处是熙熙攘攘的，以梦为马
和以马为梦的人
有人在赶路，有人在和马的雕像合影

这天夜里，我驰骋在坝上草原
借着满天星光，找寻曾经的梦
找寻一条天路，终于找回了那匹
梦中的马

南燕湾

一只巨燕，停落在南燕湾
海浪汹涌，反复拍打
崖石耸立的海岸，像燕子展翅
振起一串串银色的浪花

风浪里，隐约可见
一只只冲浪的舢板
和迎风而行的船帆，它们无所畏惧
在茫茫大海中找寻终点

我听见，准备北飞的燕子正在呢喃春天
涛声里传回我曾经旷久发出的
呐喊。在南燕湾，我不经意，撞见了
逝去的青春

蜈支洲岛，又生起人间烟火

兔年春节，蜈支洲岛码头上
密密麻麻排满了人，画着长龙
没有一声抱怨
每个人脸上，都挂满
春天的微笑

久违的喧嚣，跟着海风撒欢奔跑
海浪也格外兴奋，一会儿抱着岩石
摔出银色的花瓣，一会儿扑向赶海的人
亲吻他们的裤脚

游艇从海湾驶出
环岛直升机上空盘旋
潜水的人，像过年下水饺
潜入海底，向珊瑚和鱼儿致以新年的问候

我们在岛上漫步，到观日岩
到情人谷，到缘起瀑布……
棕榈树夹道向我们招手
椰林深处，三角梅顶着新鲜的露珠
生起人间烟火

天空之镜

这里不是茶卡盐湖，是呀诺达的
天空之镜。是天空，也是大地的镜子
朗照天堂，也普照人间

这是一方魔镜。你行走其上
昂首挺胸，就步入了仙境
脚踩祥云，神清气定

海棠湾，画出镜子优美的弧线
猴岛和蜈支洲岛，是镶嵌在镜上的两粒玛瑙
呀诺达的山峦伸出臂膊，把镜子
托举于苍穹

当你低下头，就会映入大地的影子
映入层峦叠嶂的密林，你的身体
在天空和大地之间飘忽
仿佛忽而出世，忽而入世

望向葳蕤密林深处，令你陡生恐怖
恐是万丈深渊，你怕这片镜子突然崩裂
你怕，不慎失足。做一次深呼吸，入定
镜中万物，转瞬皆空

千古情，穿越了梦境

难以置信。耳畔回荡起落笔洞的回声
眼前呈现出一万年前
断发文身的先民
南海之滨一只无路可走的坡鹿
回头一望，开启了这里
祖先的文明

胸怀激荡。一千四百年前巾帼英雄冼夫人
鼓角声声，发号施令
审时度势，让海南回到母亲的怀中
宋代"海上丝路"就在三亚港中转
香瓷古道的客商曾在这里云集
新时代的"一带一路"，重新起航

眼前是崖州古城，黎苗歌舞，锣鼓喧嚣
步入黎村苗寨，仿佛步入槟榔谷
飘落梦想田园，忘却世间纷扰
时而沉浸于凡尘烟火，时而徜徉于人间天堂
三亚千古情，穿越时空
穿越了梦境

濂泉响谷

步入山谷，流水声由远及近
并不怎么宏大，却潺潺
如空谷梵音
吸引着我们，溯溪而上
也吸引着沿路的树木
齐刷刷，向着濂泉响谷的方向
匍匐，搭起一条
金光闪闪的天宫洞

抵达濂泉瀑布，你会发现
这里溪薄水瘦，岩石突兀
不远处，就是雁栖水源
你无法想象，这么一小股濂溪
奔流而下，竟汇成烟波浩渺的
雁栖湖。应龙，虬龙，伏龙
不知是否还在潭中。我登上问天台
双手合十，高高举过头顶

右舵驾驶

我不知道，是怎么把凯美瑞
开出克赖斯特彻奇机场的
也不知道，是怎么冒着雨从基督城
自驾到皇后镇，又从皇后镇
返回了基督城。第一次右舵驾车
感觉是在逆行，在穿越
仿佛完成了人生的
一次轮回

云雾中若隐若现的
白茫茫的福克斯冰川，横亘万年
瓦纳卡湖的蔚蓝，长出一棵
孤独的树
摩拉基大圆石，被潮水打磨成
未来的星球
一只掉队的黄眼企鹅
躲在奥马鲁海岸的树丛里
等待妈妈返回

当我和家人一起返回北京
重新坐回左侧驾驶位，就像

从梦中醒来，从一面镜子里
折叠回尘世

孤独的瓦纳卡之树

驱车从福克斯冰川，沿着
新西兰南岛西海岸，一路向南
孤独的瓦纳卡之树，在召唤
每一根枝条，都像
牵引的磁力线
每一片树叶，都有
无边的法力

我们一路奔袭，顾不上
天空落下的雨幕，顾不上
塔斯曼海岸的波涛汹涌
只为赶在天黑之前，望一眼
瓦纳卡湖的湛蓝和辽阔
看一眼寂静湖水中的那株爆竹柳
是不是很像自己

抵达时，刚好雨过天晴
南阿尔卑斯山麓，正捧起
澄净的湖水啜饮
那株孤独的瓦纳卡之树
弯腰弓背，高昂头颅

飘飘长发间，几只鸬鹚
抑或夜鹭，安静地栖息
陪伴守护

远处的冰川之巅，披上一抹夕阳的金黄
水中的倒影，如梦如幻的天堂
瓦纳卡之树在湖中
跏趺而坐，一群水鸟在头顶盘旋

离开时，天色已晚，星子闪现
我像是一个被救赎的人
把孤独，留在了瓦纳卡湖

瓦卡蒂普湖

瓦卡蒂普湖，是皇后镇的
窗子。澄明清澈
我们不远万里
只为打开，这片蔚蓝

瓦卡蒂普湖，是皇后的
梳妆台。皇后的秀发
映照成，粼粼波纹
世界的喧嚣，都在这里
归于岑寂

与泰坦尼克号同龄的
TSS 蒸汽船，像皇后镇的护卫
在瓦卡蒂普湖巡航了百年
传说中湖底沉睡的水怪，始终
也不敢翻身

一雕一刻中华魂①

每一刀刻下去，都像刻着
母亲的背脊，仿佛听见了母亲
百年疼痛的呻吟
每一刀刻下去，都发出
历史的回声，一枚枚贝壳在呼唤
大海汹涌的涛声

一雕一刻，紫荆花开
那是母亲闪光的灵魂
一雕一刻，莲花绽放
失落的孩子，重回到母亲怀中

一雕一刻，连续五个不眠之夜啊
滴滴汗水，流成母亲欣喜的泪花
一雕一刻，东方的睡狮已猛醒
强劲的海风掀起大湾区的碧波豪情

五条凸起的紫荆花蕊
如同中华民族挺起的脊梁

---

① 为纪念港、澳特别行政区区徽在沈阳诞生而作。

五颗耀眼的红星，升起
中华民族伟大复兴的中国梦
凹陷的背面，深刻着百年屈辱的历史
永远铭记，永不复返

"我离开你的襁褓太久了，母亲
但是他们掳去的是我的肉体，
你依然保管我内心的灵魂"①
大海浮起盛开的莲花
母亲与归来的孩子紧紧相拥
绝不允许再有毫发受损

一雕一刻，我们听见了
紫荆花开的声音，我们看见了
莲花升腾起圣洁的灵魂
汹涌辽阔的南海，千帆竞发
启航新时代的宏伟征程
向着新的百年辉煌飞奔

一雕一刻中华情
一雕一刻中华魂

---

① 引自1925年3月闻一多的诗《七子之歌·澳门》。

听雨

夜雨，敲打盛夏的阔叶
像在联弹，大地支起的钢琴
无数绿色的琴键和鸣，伴随风
奏出天地交响

时而慢柔舒缓，时而快板疾行
仿佛雨滴对树的低语
扑入，大地的怀中

一道闪电，照彻夜空
紧跟一声响雷：
"积郁太久了，今夜
尽管一遍遍倾吐吧，天一亮
将是雨过天晴的人间"

百合开了

一觉醒来，忽然发现
窗前的百合，开出一朵云
那么洁白
缝隙中透过来的
一束光，刚好照亮
夜里枕边滚落的
孤独

春天里

春日清晨，眼前闪过一枝花朵
我笃定，这一定是世界上
最美的花朵。她盛开的姿势
托举起天空
娇嫩的花蕊托着一本书
托起一道光，托举起
一家人的希望

春风吹拂，花朵不为所动
在车水马龙的街道徜徉
弱小的花枝，背着硕大的书包
在电动车后座里，倚靠着
父亲宽厚的背脊

我看见，祖国的春天
正悄然绽放

乌啼

无数个黑点，由小变大，由远及近
从广袤的天穹向万寿路汇聚
好像一张巨大的网，撒向人间

这些乌鸦，衔着料峭的春风
飞落枝头，赴约一场早春的盛会
它们在枝头鸣啼，穿梭萌发的新绿

哇，哇……多么像婴儿出生的啼哭
一声声恢宏的低音，喊落，一场春雨
唤醒万物

售卖

昆玉河边，八里庄桥头
一只乌龟悬在空中游动
它探出头来，异常淡定
观看着往来穿梭的路人

一位正在叫卖的中年男人
缩头缩脑，右脸乌青

究竟，谁在被谁
售卖？

海洋馆

一群群鱼儿在水中畅游
海豚、海狮献上精彩的表演
极地馆，憨态可掬的企鹅
把我带到一片纯净的冰雪世界

看，那些企鹅多么惬意
却只能困在一个狭小的
格子里
我望着它们，好像望着
我自己

一天的表情

小猫趴在阳台上，看朝阳
是如何被鸟鸣，一声一声衔出的

客厅发出声响
小猫跃身，踩起一束晨光

冲着卧室的门，喵喵
叫开一道缝

伸出前爪轻推，门开了
小猫把眼睛，也眯成一道门缝

主人打开楼门离家时
小猫睁大眼睛，退缩回客厅

夜幕降临，月光
把小猫从沉睡中，唤醒

主人隔窗遥望夜空
小猫陪伴着喊月亮

香菜

飘逸，轻盈，曼妙
宛若仙草
微风弹奏，翩翩起舞
却甘心栖于低洼处
从不与杨柳争高
而那超凡脱俗的香气
最善于突袭，直奔人的味蕾
直达心肺，所向披靡

餐桌上，烟火笼罩
那点点青翠，缕缕幽香
仿佛在唤醒什么
凉拌小菜，营养煲汤
只需撒入星星点点
犹如香醇的米酒
在舌尖上发酵，释怀岁月
唤醒儿时的味道

一棵来自地中海沿岸的
异域仙草，那幽兰之香
溢满古老的丝绸古道

横亘两千年跌宕的时光
如今，在东方的沃土上
繁衍，开花、结果
片片白色的小花
犹如点点繁星，熠熠闪耀

高山芦笋

春雨过后，山顶的沙土里
拱出齐刷刷的芦笋，头顶露珠
像菩萨纤巧的手指
托举含苞欲放的莲花

山涧泉涌鸟鸣
飘浮的白云触手可及
芦笋顶尖的露珠静默不动
倾听对面戒台寺里
敲钟祈福，诵经声声

采一把鲜嫩的芦笋下山，高汤入口
身上瞬间长出小疙瘩
后来重返高山，症状悄然消失
想必是仙境，可以消解
尘世的水土

吃辣椒

火红的辣椒
绽开舌尖的味蕾
口中呼呼生风，双眼
流出身体里的雨

我不敢吃辣椒，我担心
体内郁积多年的雨水
滂沱，泛滥

有一种鸟喜欢吃辣椒
就像吃着一团团火焰

我梦见自己变成了那只鸟
腾空展翅时，半边天空
都在熊熊燃烧

竹笋

快递小哥摁响门铃
送来网购的新鲜竹笋
也递来深山里，春天的鸟鸣
和挖笋人披着晨光的身影

嫩嫩的笋尖还滴着露珠
品尝美味，我们大快朵颐
感觉身体里骨节咔咔作响
仿佛瞬间，长出
一身茂竹

两味家乡的药材

一簇簇蓝紫色的小花
像落在山坡上的星星
多好听的名字，远志
还有一种大叶的，冠名防风
仿佛百草中撑起的一只只小伞
儿时暑假，我们爬遍崇山峻岭
寻找它们，就像寻找埋藏深山的金银
挖出根，晒出药性，几毛钱一斤
救济我们熬过那段岁月的窘境

两味家乡的药材，在我记忆的砂罐中
煎煮流逝的年华，治愈了我
多年漂泊的隐疾和疼痛
照亮异乡的梦，喧嚣中
持有一份淡泊宁静
抵住一场场暴风雨的肆虐
任凭电闪雷鸣，岿然不动